Cuentos y relatos
de
José María Heredia

Editor
Rolando D. H. Morelli

© De la presente edición, el editor.
Primera edición 2006
ISBN 0-9771987-1-5

Diseño de portada: Dr. Iván Drufovka Restrepo

Basado en una reproducción del original:
Departure of the Brighton Coach, (1878)
de Edward Lamson Henry

Ediciones *La gota de agua*
Philadelphia, Pa. (U.S.A.)
e-mail: info@edicioneslagotadeagua.com

Apuntes y notas a la primera edición.

Apuntes y notas.

I. Esta edición. Heredia y su obra. El interés por su poesía. Desconocimiento de otros aspectos de su creación. La prosa narrativa de Heredia. Primacía romántica de su obra en general. Juicios de valor.

Con harto retraso editorial se publican ahora, reunidos por primera vez en forma de libro, los cuentos y relatos de José María Heredia[1] (Cuba, 1803 – México, 1839). El generalizado desconocimiento en lo que atañe a la existencia misma de tales muestras del quehacer herediano, ya sería bastante a explicar su interés, y la necesidad consecuente de esta compilación, aún si no existiera, además, otro factor de igual o mayor peso para determinar su publicación, es decir, el mérito artístico que caracteriza tales muestras narrativas. En las páginas que a continuación recogen esta producción, podrá apreciar el lector, a manera de primicia, las cualidades que resuman dichas narraciones, a la vez que ponderar sin intermediarios, sus virtudes y defectos.

Figura descollante en el panorama literario del mundo hispánico de su época, la estatura de Heredia no ha sido menguada por el paso del tiempo, sino que por el contrario, de entre sus brumas emerge engrandecida para colocarse

---

[1] No obstante, la muestra aquí reunida no pretende ser definitiva. Al margen de que nuevas búsquedas en archivos y publicaciones periódicas consigan aportar en el futuro otras páginas desconocidas de su narrativa, no se incluyen todas las muestras de que abunda *La Miscelánea*, publicación en la que se sostiene fundamentalmente el conjunto de narraciones aquí reunido. En volumen aparte se publican, también compilados por primera vez, los que el propio Heredia llamó *Cuentos orientales*.

entre los clásicos indiscutibles de la lengua. La relación de los numerosos estudios dedicados —tanto en vida del escritor como con posterioridad a su muerte— al quehacer poético de éste, sería imposible de consignar aquí, y bastaría a dar cuenta del sostenido interés por ese aspecto de su obra. Sin embargo, no ocurre lo mismo con otras vertientes de su creación, aunque naturalmente haya estudios relacionados con su prosa en general —particularmente aquélla de carácter ensayístico— y algún que otro estudio relacionado con su teatro, pues tanto una como otro han sido injustificadamente relegados, y constituyen un aspecto colateral a la obra en verso[2] de Heredia, a causa de no haber suscitado el interés que debiera.

Objeto de polémica, o al menos de discrepancias[3], han llegado a ser aspectos de conjunto relacionados con la obra de Heredia, tales como el que plantea si debe colocarse al autor entre los *pre-románticos*, o si se trató en verdad del primero de los románticos en lengua española. Manuel Pedro González (*José María Heredia: Primogénito del Romanticismo Hispano / Ensayo de Rectificación Histórica / Fondo de Cultura Económica, México D. F., 1953*) y Lomberto Díaz (*Heredia; primer romántico hispanoamericano. Ediciones Géminis, Montevideo, 1973*) en sus respectivos trabajos —separados entre sí por un buen número de años— coinciden en demostrar lo que, en efecto, un análisis cualquiera de la producción herediana y un cotejo de fechas y obras debe hacer evidente, que fue este creador el

---

[2]Nos referimos, por supuesto, a sus poesías, ya que Heredia se sirvió asimismo del verso en algunas de sus producciones teatrales, especialmente en las traducidas.
[3]Entre otros, véase Ángel Aparicio Laurencio: *¿Es Heredia el primer escritor romántico en lengua española?* Miami, Ediciones Universal, 1988)

primero en importar⁴ *los jugos románticos* al sistema de vasos comunicantes del español y su literatura, al menos diez años antes de que la musa de Echeverría concibiera *Elvira, o La novia del Plata* (M.P.G. 72). A su vez, Ángel Aparicio Laurencio en la introducción a su *Trabajos desconocidos e ignorados de José María Heredia*, (Ediciones Universal, Madrid, 1972), afirma que éste escribió y publicó "cuentos esencialmente románticos (...) cuatro años antes de que el romanticismo triunfara en España en 1835, con el estreno de *Don Álvaro*, del Duque de Rivas (18)". En realidad, cuentos de este jaez aparecen ya en el primer tomo de la *Miscelánea*, de 1829.

No todos los críticos o comentaristas de la obra herediana, sin embargo, consiguieron ver esta primacía romántica en la obra de Heredia⁵. De conformidad con el canon prevaleciente en su momento, y sin acceso a los originales de la obra del cubano —o curiosidad bastante para rastrearla en medio de la dispersión de los archivos mexicanos, u otros en que podría encontrársela— han obviado muchas veces las evidencias a su alcance para determinar que la obra examinada debía situarse en el ante-umbral del movimiento romántico, y no más allá de éste. Al

---

⁴Esto de la "importación" plantea otro aspecto de la cuestión sin dudas, aquél que observa que muchos de los aspectos del Romanticismo de escuela eran en verdad con-naturales a mucha de la literatura española anterior al surgimiento de la escuela romántica, y por tanto, más que de innovación, se trataría de la restauración de elementos afines a esta tradición artística y literaria.
⁵Lo desconcertante es que tales conceptos se repitan hasta hoy por boca de algunos *especialistas* —obviamente no bien documentados, o interesados al parecer en no documentarse— como si se tratara de verdaderas revelaciones, y en abierta contradicción con las evidencias acumuladas por estudiosos consecuentes y sistemáticos de la obra herediana.

margen del significado que pueda atribuirse al hecho, o de la importancia que tal determinación pueda revestir para la apreciación crítica de la obra en general, lo evidente es que algunos aspectos de la obra de Heredia siguen siendo mal conocidos, lo que ocurre señaladamente con su narrativa. Ello se explicaría en gran parte, en razón de haber tenido lugar el conjunto de esta producción en condiciones muchas veces precarias, y fuera del país de origen del autor, amén de resultar dicha obra un tanto extrínseca a ciertas ortodoxias bien se tratara de su época o de sus circunstancias[6]. De ahí, que esta edición príncipe de sus cuentos reunidos constituya un paso decisivo, entre otros que ya se han dado, con el propósito de examinar ponderativamente este aspecto de la obra de José María Heredia, y de evaluar el alcance

---

[6]Aunque apreciado en general por muchos mexicanos, el no haber nacido en este país lo enfrentó a veces a innumerables intentos de aislamiento por parte de gente ambiciosa y de mentalidad demasiado parroquial. Por su parte, la crítica española de su momento, no pudiendo ignorar la obra hizo cuanto estuvo a su alcance para condenarla y minimizarla atacando a su creador. Luego, aunque las luchas de los cubanos por la independencia convirtieron la lírica de Heredia en canto de guerra, y al advenimiento de la República fueron varias las plumas cubanas que se ocuparon de rescatar la obra de este autor, por entonces ya irremediablemente dispersa en suelo mexicano, dicha labor, que no siempre fue todo lo fructífera que habría podido esperarse, fue decayendo hacia los años cincuenta, y acabó por ser abandonada del todo a partir de 1959. No es sino hasta los años setenta que resurge cierto interés, fuera de Cuba, por la investigación en torno a esta importante figura. Reflejo del desinterés oficial prevaleciente en Cuba a partir de entonces, viene a ser el hecho de que el más sistemático, y uno de los principales comentaristas e investigadores del país, el profesor Salvador Bueno desconozca reiteradamente en su obra las contribuciones que, particularmente a partir de 1972 hicieran a la re-evaluación de Heredia los estudios respectivos de los profesores Aparicio Laurencio y Ruiz Castañeda que se citan en esta introducción.

verdadero del mismo en el conjunto de la producción de este creador.

Los cuentos y relatos que aquí se reúnen, se publicaron inicialmente por lo que sabemos, en las páginas de aquellas revistas mexicanas de las que fue el editor: *La Miscelánea* y *La Minerva*, y así como ocurre con éstas, las cuales resultan poco y mal conocidas (y ello casi siempre a manera de simple referencia bibliográfica), sucede que el grueso de los mismos sigue siendo desconocido. Si ello es así en el caso de una gran mayoría de especialistas, resulta pues más que natural que la existencia de los mismos sea igualmente ignorada de la generalidad del público lector, incluso de aquél familiarizado con otras vertientes de la obra herediana.

Reincidiendo en tal desconocimiento, afirma Salvador Bueno en las páginas de su *Historia de la literatura cubana*, (La Habana, 1975, Editorial Arte y Literatura) ya para entonces por la vigésima edición nacional, que Heredia "adaptó del francés cuentos orientales" (69), de los cuales, sin embargo el antólogo no consigue o considera pertinente dar muestras en la edición de su *Cuentos Cubanos del siglo XIX*, (La Habana, Editorial Arte y Literatura) publicado este mismo año de 1975[7], a menos que el titulado «Abuzaid» le sirva a manera de ilustración respecto a este tipo de cuento[8], algo que por otra parte no deja establecido el estudioso. De los tres relatos de Heredia que Bueno ofrece al lector en su antología —por otra parte— sólo parecen merecer algo de su

---

[7]Hemos consultado asimismo una edición de esta antología, fechada dos años después de la anterior, es decir en 1977, (La Habana, Ediciones Huracán), en la que el crítico y antólogo no considera necesario revisar ninguno de sus conceptos.
[8]«Abuzaid», en efecto, lleva el subtítulo de "cuento oriental", pero los otros dos únicos relatos al parecer conocidos de este especialista no corresponden a tal descripción ni por su atmósfera ni por el tono.

13

atención la «Historia de un salteador», respecto al cual conjetura que "no deja de ser una narración atropellada", aunque admita el juicio de Imeldo Álvarez Conesa, («La prehistoria del cuento cubano» *La Gaceta de Cuba*, nro. 103, mayo-junio de 1972) quien por su parte concede que el relato posea "cierto vigor". Asimismo, Bueno se refiere de pasada a aquél que considera el mejor de los tres relatos: «Economía femenil» por "disponer [éste] en [su] opinión de mayor dominio narrativo". Tal juicio del crítico y antólogo se funda exclusivamente en su propia aserción, a renglón seguido, de que "el relato del marido tacaño está entreverado con ciertos paréntesis irónicos que infiltran un tono de ligereza y humor no abundante en la narrativa de la época, tan aparatosa, patética y melodramática" (23) *Ligereza* crítica, en realidad, la de Bueno frente a la muestra que él mismo ofrece, pues entre otras cosas, no se trata para nada de ningún marido tacaño, sino de una acerba censura a la mujer, (inapelable en el contexto argumental de la narración), la cual nos es presentada como causante potencial de la ruina del marido. Por otra parte, tampoco podría decirse que se trata de la mejor de las tres narraciones en virtud exclusivamente de "los paréntesis irónicos que [la] infiltran", ni podría asegurarse a rajatabla que el humor se halle ausente en la narrativa de la época, si bien a mucha de esta narrativa pueda corresponder en propiedad los atributos *aparatosa*, *patética* y *melodramática*[9] que le endilga Bueno. De hecho, otros de los cuentos y relatos de Heredia que se incluyen en la presente compilación, ofrecen buenas muestras de humor como ocurre, por ejemplo, con el llamado «El caballero gordo». Pero más que insistir en las fallas del *aparato crítico* empleado por uno de los más conocidos comentaristas de la literatura decimonónica cubana, a la hora de valorar la

---

[9]No que por otra parte *lo patético* deba confundirse con lo aparatoso ni con lo melodramático.

narrativa de Heredia, a lo que se apunta es a consignar el desconocimiento mondo y lirondo de una producción que se evalúa meramente con arreglo a tres cuentos publicados en momentos diferentes, y por consiguiente conocidos del profesor Bueno. El ya mencionado estudio crítico-antológico correspondiente a la *Segunda Época* de la *Miscelánea* y debido al estudioso Ángel Aparicio Laurencio *(Trabajos desconocidos e ignorados de J.M.H)*, de 1972, no sólo retomó en su momento el interés por la obra de Heredia, particularmente en lo que a su narrativa concierne, sino que reveló *tres nuevos relatos* que venían a sumarse a los previamente señalados. Los mismos responden, citados en el orden en que aparecen compilados, a los nombres «Seged, cuento árabe», «Aningait y Ajut, cuento groenlandés» y «Manuscrito encontrado en una casa de locos»[10]. Habiendo sido publicados por Heredia en el mes de febrero del año 1832, —cosa ésta plenamente establecida— podría muy bien conjeturarse que se escribieron con toda probabilidad antes de ese año, pues no parece concebible que tres relatos extensos —y tan diferentes por su temática como por sus recursos expresivos— hayan sido escritos precipitadamente durante el mes de enero del propio año 1832 con vistas a su inclusión en la revista. En marcado contraste con dichos relatos, los que hasta el momento de su reproducción permanecían olvidados e ignorados tanto de la crítica como del público lector, resultan mejor o peor conocidos de la crítica los cuentos «Abuzaid», «Historia de un salteador italiano» y «Economía femenil» que son los que aparecen en la antología del profesor Salvador Bueno, pues ya antes habían sido publicados por la *Revista Cubana* en 1950,[11] y

---

[10]Ninguna relación con el cuento de nombre «Manuscrito encontrado en una botella» de Edgar Allan Poe, publicado éste por primera vez en 1833.

[11]Aparicio Laurencio se equivoca al dar el año 1959 como el de la publicación de estos cuentos en la *Nueva Revista Cubana*, según la

aún antes se reprodujeron, según consta, en revistas de México y Cuba, con posterioridad a su aparición original en los números correspondientes a la *Primera Época* de la *Miscelánea*, para los meses de junio, septiembre y diciembre de 1831. Según acotación de Aparicio Laurencio en la introducción a su trabajo, dichos relatos "fueron encontrados [en México] por el profesor Pablo Ávila en el *Repertorio de literatura y variedades*, y remitidos a[l estudioso] Raimundo Lazo, por considerar [ ] Ávila que no se habían vuelto a publicar desde su aparición", lo cual explica el hecho de su reproducción en las páginas de la *Revista Cubana* bajo el título de «Trabajos desconocidos de Heredia»[12]. Lo cierto es que, si bien no todo lo difundidos que debieran, tampoco resultaban del todo desconocidos, como demuestra el hecho de que a ellos, y lamentablemente sólo a ellos, se refieran y hayan circunscrito los comentaristas heredianos hasta el presente, a pesar de los fundamentales aportes hechos, respectivamente, por el ya citado Aparicio Laurencio, y la estudiosa mexicana María del Carmen Ruiz Castañeda,

---

nota al pie de página (18) en su «Introducción» a la ya mencionada monografía *Trabajos desconocidos y olvidados* de José María Heredia. Tomás F. Robaina, en su *Bibliografía sobre José María Heredia*, (La Habana, Biblioteca José Martí, 1970), indica la existencia de dicha revista entre los fondos de la Biblioteca Nacional de La Habana, y da el año 1950 como el correspondiente a los trabajos de Heredia que se reproducen.

[12] Sin restar validez alguna a la inquietud y propósitos que movían al señor Ávila, debe señalarse respecto a su propia afirmación, que los cuentos en cuestión fueron hallados por él en la revista *Repertorio de literatura y variedades*, y no en la *Miscelánea* donde fueron publicados originalmente. El corresponsal parece ignorar asimismo que el cuento «Abuzaid» había aparecido asimismo en la revista *El Prisma*, de La Habana, en 1846, lo que también parece desconocer Aparicio Laurencio. El cuento que se menciona aparecería nuevamente en 1964, reproducido por la Editora del Consejo Nacional de Cultura como parte del volumen *Prosas cubanas*, tomo II.

quien, coincidiendo con la aparición en 1972 del estudio del profesor Aparicio Laurencio, publicaba en la ciudad de México, su edición crítica de la *Minerva*, revista también publicada por Heredia, ésta en 1834, primeramente en Tlalpam, y con posterioridad en Toluca, y respecto a la cual observa en las páginas de su presentación la mencionada investigadora:

> los herediólogos cubanos al parecer ignoran la existencia de [esta revista]. Francisco González del Valle la omite en su *Cronología herediana [(1808-1839)* (La Habana, Imprenta de Montalvo y Cárdenas, 1938], del mismo modo que José María Chacón y Calvo en sus *Revisiones literarias de José María Heredia*. Debió de haberla omitido [por consiguiente] Enrique Larrondo, erudito cubano que recogió en México la obra de Heredia, y cuyos trabajos sirvieron a Chacón y Calvo de base para la elaboración del suyo (xi).

Tampoco debía conocerla el avisado Aparicio Laurencio, quien de otro modo habría hallado el modo de hacer referencia en su trabajo sobre la *Miscelánea*, al extenso y complicado relato «El hombre misterioso», que aparece en la otra revista literaria redactada por Heredia, según revela la pesquisa de Ruíz Castañeda, y sin embargo, existen inequívocas referencias a esta narración en la *Vida de José María Heredia en México*, de García Garófalo Mesa, cuya publicación data de 1945, si bien el investigador confiesa no haber podido acceder más que a unos pocos datos acerca de la *Minerva*, los que corresponden al tomo I. Pag. 1ª. Núm. 1. (Garófalo, (437)) de la revista.

Alentado, no obstante la certeza de encontrar numerosos obstáculos, por los resultados obtenidos en sus pesquisas respectivas por los investigadores Aparicio Laurencio y Ruiz Castañeda, este investigador se dio a la búsqueda de ejemplares de la *Miscelánea* y de la *Minerva* heredianas en diversas bibliotecas y otros fondos bibliográficos de los Estados Unidos, de México y de España, en la convicción de que, buscando en las fuentes se hallaría seguramente material de valor documental. En la *Biblioteca del Congreso* de los Estados Unidos fue hallada la colección completa de la *Miscelánea*, la que llega hasta el 5 de julio de 1832[13], y de la cual proceden, como se ha dicho, los cuentos y relatos que aquí se reúnen, salvo el titulado «Un hombre misterioso», que apareció originalmente en *La Minerva*.

Un examen cualquiera de los varios tomos que componen *La Miscelánea* sorprende no sólo por su variedad temática, por la prolija información de que da cuenta, y por su amenidad, sino en particular por la existencia de un conjunto bastante nutrido de narraciones[14], que podrían

---

[13] Al dar por terminada la edición de la revista y despedirse de los lectores, Heredia promete que "si variaran las circunstancias, tendrá la satisfacción de continuar sus tareas bajo un plan más vasto", mas a lo que parece este plan no pudo llevarse a vías de hecho, o corresponde al que con el nombre de la *Minerva* procedió a editar posteriormente Heredia.

[14] El profesor Enrique Marini-Palmieri, en su introducción a *Cuentos Modernistas Hispanoamericanos*, de 1989, volumen del que es, además, el compilador y editor, afirma que "Se da en considerar a «El matadero» del escritor argentino Echeverría como el primer cuento de las letras [hispano]-americanas. Escrito entre 1838 y 1840 sólo se difundió verdaderamente cuando lo hubo publicado la *Revista del Río de la Plata* en 1871". Amén de repetir en fecha tan tardía como 1989 el lugar común de dar precedencia cronológica a la obra de Echeverría contra toda evidencia, y a pesar de estudios tan fundamentales como los de Manuel Pedro González y Lomberto Díaz respecto a la obra de

agruparse *grosso modo* en tres grupos o categorías: 1) las que componen este volumen, es decir, narraciones más o menos de temática universal; 2) aquéllas que el propio Heredia agrupa bajo el cintillo de «cuentos orientales» (y que no deben confundirse con las otras, como ha venido sucediendo por desconocimiento de primera mano de las fuentes a las que se hace referencia), y 3) aquéllas que podríamos considerar como *narraciones mitológicas,* en las que, con la excusa de explicar a una joven de nombre Emilia[15] el origen de los mitos greco-latinos y sus deidades y otros personajes,

---

Heredia, el profesor Marini Palmieri incurre en un error aún mayor cuando considera que "hoy muchos concuerdan en considerar que esa narración lleva en sí el germen de todas las narraciones posteriores" (13). Sin otro asidero que su mera declaración, el profesor Marini Palmieri da por un hecho crítico a la vez la primacía narrativa absoluta de Echevarría en lo que concierne a la narrativa corta en la América hispánica y la primacía romántica, pese a que, según demuestran publicaciones como *La Miscelánea* y *La Minerva,* ya Heredia publicaba cuentos románticos desde por lo menos el año 1829.

[15]Declara Heredia al comenzar las publicaciones de sus "Cartas sobre la Mitología": «Me mandas Emilia, que te cuente la historia de los dioses de la fábula», y al pie de página hace constar en nota pertinente: «En el *Amigo del pueblo* se empezaron a publicar estas preciosas cartas traducidas libremente del francés por el editor de la *Miscelánea.* Como algunas personas han deseado su continuación, se ponen [es decir, reproducen] las ya impresas, para que los suscri[p]tores de este periódico tengan la colección completa». (102. tomo I, 1829) Esta Emilia, conocida por el nombre de Pepilla, es según indica Francisco González del Valle en su *Cronología herediana,* la hija del amigo matancero de Heredia, José de Arango, a quien Heredia había dedicado su famosa «Epístola», y otros poemas. Parece indudable que una corriente de simpatía mutua, acaso una relación de tipo sentimental existió entre ellos en la adolescencia. Sin embargo, en el momento de escribir estas "cartas" dedicadas a Emilia, Heredia ya estaba casado y establecido en México. Resulta pues notable que la Emilia de su adolescencia siguiera siendo la musa inspiradora, o cuando menos, una de ellas.

Heredia "traduce" una serie de historias de este sesgo. Abundan las páginas de la revista, por otra parte, de *narrativas* de diverso orden, que sin declararse tal, bien podrían ser consideradas narraciones de carácter biográfico o filosófico. A la vista pues, de tal variedad de narraciones, se impone al editor la pregunta: con sujeción a qué criterios proceder a publicarlas. Y la respuesta inmediata corresponde a esta misma selección que el lector tiene frente a sí. Además de tratarse —lo que parece evidente al examinar los varios números de la revista— de un conjunto de narraciones muy diversas, bien sea por su carácter, bien por sus recursos o por los procedimientos estilísticos que las caracterizan, los relatos pueden agruparse, como se ha dicho, en, al menos tres diferentes núcleos narrativos que constituyen en sí mismos conjuntos independientes los unos de los otros. Sacarlos a la luz nuevamente, y por primera vez en forma de libro, exige del editor un cierto comedimiento que permita al lector acercarse a estas narraciones sin arriesgar el caos natural de una *miscelánea*. Hoy en día son muy otros los parámetros de lectura a los que se somete el lector, y ha parecido más conveniente al editor, a fin de apreciar el mérito verdadero de estas narraciones, presentarlas a una luz que, sin restarles relieves o, por el contrario, sin arrimarles volutas, las haga aparecer tal cual. Seleccionamos las que aquí aparecen por parecernos que constituyen parte del primer grupo, el cual se distingue en virtud de su carácter más universal, como si les correspondiera un molde más abierto que el definido por el propio Heredia para sus «cuentos orientales», o para las narraciones de índole mitológica. El interés particular de esos otros dos conjuntos narrativos exige, por otra parte, que se les dé a conocer en su propio *estuche*, de ahí que deberán aparecer aparte en forma de libro, en una fecha no muy lejana.

En resumen, el número de los cuentos y relatos que componen el presente volumen, es de doce en total, y excluye aquellas otras narraciones que no tienen un carácter independiente, es decir, las que Heredia coloca bajo ciertas categorías que pudiéramos llamar *cerradas*[16]. Los nombres de los relatos que componen nuestro índice son los siguientes: «Omar, o la vanidad de los proyectos humanos»; «Benhadar»; «Un salteador italiano»; «Economía femenil»; «Hamet y Raschid»; «Abuzaid»; «Manuscrito encontrado en una casa de locos»; «Seged»; «Aningait y Ajut»; «Protágoras»; «El caballero gordo» y «El hombre misterioso». Cada uno de ellos representa no sólo uno u otro momento en la evolución de la prosa narrativa herediana, sino que vienen a demostrar a la vez que el interés de Heredia por este aspecto de la creación literaria, el decantarse mismo de dicho proceso, en lo estilístico como en lo temático.

II. Los cuentos de esta edición. Algunas apreciaciones individuales respecto al conjunto.

«Omar, o Vanidad de los proyectos humanos»

El primero de los relatos publicados por Heredia en la *Miscelánea*, (1829) responde al nombre doble de *Omar, o Vanidad de los proyectos humanos,* y descansa sobre ese vértice que forman dos líneas que se cortan y convergen. La primera, está indicada por aquellos componentes de la narrativa que corresponden a señalar el éxito disfrutado por

---

[16]Por cerradas queremos decir, exclusivas o excluyentes. Así pues, las narraciones que el propio Heredia llama "cuentos orientales" tienen una fisonomía propia. Amén de la temática "oriental" se caracterizan por su extrema brevedad, e intención aforística, y por el hecho mismo de estar agrupados bajo esta rúbrica, lo que excluiría a otros cuentos como Abuzaid, Seged, Benhadar o Hammet y Raschid con los que, no obstante, tienen en común la temática arábiga.

Omar en el curso de una vida dedicada al servicio público y a su quehacer político. La segunda corresponde a su reflexión sobre la misma, circunstancia a la que le obliga la insistencia con que un joven admirador suyo le pide consejo. Así pues, vemos en paralelo el triunfo y la derrota, en el haz de una sola vida. El propio discurso de Omar, quien al contarle al joven la saga de sus sueños y proyectos personales mal habidos, sacrificados al triunfo foral, le sirve a este de aleccionamiento, nos dice porqué es en todo caso vano o inútil concebir planes de vida cuya realización escapa de las manos del hombre. Lineal respecto a su estructura tanto como a la proyección anecdótica del relato, el mismo posee el interés que pudiera tener un *testimonio* dicho de viva voz por su protagonista, al cabo de una larga vida. El recurso funciona pues los elementos que sirven al narrador para presentarnos a su personaje, un tanto equívocamente, se hallan al comienzo de la narración como si se tratara de un manto del cual se irá despojando por mano propia el personaje de Omar a partir del momento en que comienza su anagnórisis.

«Benhadar»

En contraste con este primer relato, el segundo por su parte, se caracteriza por su complejidad textual y estilística. Al cuento corresponden en propiedad dos marcos o campos de referencia. El primero, nos habla de *cierto bajá de Esmirna* que se halla en camino a Constantinopla por requerimiento del Sultán, y el segundo, que viene a constituir en verdad el cuerpo del relato, trata de las experiencias ocurridas a un ente de ficción llamado Benhadar, convocado a instancias del bajá por el poeta o decidor de cuentos a su servicio. Benhadar encuentra a un genio o espíritu del desierto al que le arranca el don de la profecía de su propia vida y la de la humanidad. Episódicamente asistimos con Benhadar a toda clase de desastres tanto personales como colectivos, y al final, aunque la conclusión del aeda parece sugerirle sibilina o sabiamente al bajá la conveniencia de no saber cuál podrá ser su destino, éste responde no menos sibilinamente con estas palabras: *«¡La moral de tu cuento es muy buena! Sin embargo, yo me alegraría de saber para que me llama el Gran Señor a Constantinopla».* Y el cuento concluye de esta manera: *«Esto diciendo, montó en su camello, y continuó viaje a la cabeza de su comitiva».*

«Historia de un salteador italiano[17]»

La «Historia de un salteador italiano», que en absoluto constituye ese ambiente *"exótico para un cubano"* —según la caracterización de Anderson Imbert— tiene, como declara el título del relato, una localización europea, en contraste con los relatos anteriores. Podría afirmarse en este punto que estas tres narraciones marcan y simbolizan asimismo las dos direcciones temáticas de la cuentística herediana: una vertiente verdaderamente exótica (árabe u oriental, situada en épocas y lugares remotos, no bien conocidos o convenientemente inaccesibles), y otra que corresponde a un mundo más *asequible* y presumiblemente próximo a la experiencia del lector de su momento: el que se refleja en la historia del salteador, pero asimismo en «Manuscrito encontrado en una casa de locos», en «El caballero gordo» y en «El hombre misterioso».

La «Historia de un salteador italiano» se caracteriza en efecto, como tímidamente afirma Álvarez Conesa, por poseer vigor narrativo. El estilo vertiginoso que también lo caracteriza (que no *el atropellamiento* atribuido al mismo por Salvador Bueno, y que más bien correspondería al juicio de este crítico) se corresponde a la sucesión de hechos y

---

[17]Unas fuentes lo identifican por este título completo, en tanto otras prescinden del atributo *italiano*.

ocurrencias que constituyen el argumento mismo del relato. La primera persona, que refiere su historia de improvisado salteador de caminos a raíz de un crimen pasional, marcha como *a salto de mata* por los senderos que corresponden por igual al estilo y al argumento de su historia, tropezando aquí para levantarse más adelante, y volver a caer enseguida, pero juzgar *atropellado* dicho procedimiento parecería más bien revelar la incomprensión de parte de un lector predispuesto o superficial. El joven protagonista cuenta sus percances, angustias y su perdición última, como si verdaderamente jadeara, y el estilo nervioso de la narración corresponde a ese jadeo. El desenlace, sin embargo, se nos antoja verdaderamente abrupto, no por el suceso del nuevo crimen perpetrado por la mano del desventurado amante, (hecho que se anticipa, si bien hubiera podido ocurrir un golpe de efecto que desviara en el último momento, digamos, la mano criminal) sino porque la narración se corta sin continuidad o destino algunos. No obstante este obvio defecto de factura, la lectura del cuento posee un interés que no podríamos limitar a lo que consideramos una falla estilística.

«*Economía Femenil*»

«Economía femenil» está construido sobre la base de un diálogo que tiene lugar entre un esposo preocupado por las extravagancias *femeniles* de su consorte y ésta, que representa su punto de vista en el asunto, como contraparte de los presupuestos del esposo: enamorado éste de la mujer, y antes débil de carácter que *tacaño,* atributo este último con que caracteriza al personaje Salvador Bueno. El *realismo* ejemplarizante de esta narración, sin embargo; su inmediatez situacional tanto como de ambiente, y la familiaridad que caracteriza a los personajes, no ofrecen al narrador terreno propicio para desarrollar su inventiva, pues es precisamente en los ambientes exóticos o, al menos distanciados de aquello que constituye su inmediatez, que Heredia puede dar riendas sueltas a su imaginación, y consigue sus mejores muestras de cuentos y relatos. La voz narrativa que se oculta tras el bien llevado diálogo de los esposos, se afirma de repente e inopinadamente con carácter propio como voz autoral, sentenciosa y crasa, para *reflexionar* en alta voz y alertar a los jóvenes solteros acerca de los inconvenientes del matrimonio.

«Hammet y Raschid»

Con este cuento vuelve a trasladarnos Heredia al ambiente exótico de la India, y a la compañía de dos pastores cuyos ganados mueren de sed, lo que lleva a los hombres a rogar al cielo que les envíe el agua que tanto necesitan. Pero la aparición del *Genio de la Distribución*, que acarrea tanto la prosperidad como la destrucción, simbolizadas respectivamente por una gavilla de la abundancia y por un sable gigantesco y amenazante viene a poner las cosas en el plano aforístico de la mesura contra la avaricia. Hammet personifica la primera, en tanto su compañero Raschid encarna la segunda. Así pues, los dones concedidos por el genio proveen a Hammet la prosperidad a que aspiran ambos, y acarrean la destrucción de todo lo que le corresponde a Raschid, incluida su familia y su persona misma. El final del cuento es, como ocurre con la historia de *«un salteador italiano»*, un tanto abrupto, de lo que en cierta manera se resiente el relato. En otras palabras, el comienzo con que se prepara al lector para recibir la historia de Hammet y Raschid parece precipitarse con el final tempestuoso que corresponde al castigo de este último.

«Abuzaid»

Este cuento, por su parte, no puede ser caracterizado según hace el profesor Salvador Bueno, afirmándose meramente que posee "un vago ambiente arábigo" (Bueno (22)). La creación de una atmósfera exótica que sirve de marco adecuado a lo que, de otro modo es un cuento filosófico, a la manera de Voltaire, da una idea adecuada del trasfondo de la narración. Algunos pasajes de este cuento, y a pesar de las distancias de toda índole que separan a sus autores, evocan pasajes de algunos cuentos del mismísimo Jorge Luis Borges. Téngase en cuenta, a manera de referente, los llamados «Historia de los dos que soñaron» y «El espejo de tinta» (Borges, Jorge Luis. *Historia universal de la infamia,* Madrid, Alianza Emecé, 1986).

La trama del relato de Heredia es, más o menos, como sigue: Abuzaid, aleccionado por su padre Morad, quien ha conocido los altibajos del poder y de la fortuna —los que al cabo pondrán fin a su vida—, ensaya a poner en práctica los consejos que aquél le deparara a propósito, como su mejor herencia. (Morad vive los esplendores y la adulación del encumbramiento, y sufre a consecuencia de ellos mismos la envidia y la maledicencia de sus enemigos, e incluso de quienes debían ser amigos suyos). La trayectoria vital de Abuzaid replica en cierta manera tales contratiempos en la vida de su padre, e ilustra por otra parte la futilidad de intentar imponer un orden al caos, pues el hombre es su propio destino, y todo cuanto podemos hacer es aceptar que, sólo la aprobación del Ser Supremo —única con la que podemos contar con sólo desearlo así— importa verdaderamente. Nuestros desvelos y trabajos de cualquier índole por conquistarnos el aprecio y la estimación ajenos son, en consecuencia, una labor tan infructuosa como fatua. A manera de dos narrativas (vidas) que se contraponen a la vez que se complementan, las experiencias de Morad y las de Abuzaid se despliegan o barajan a semejanza de un abanico formado por dos paneles, que son igualmente el anverso y el reverso del mismo.

El estilo de la narración adopta y remeda un cierto tono moralizante o aleccionador que es el que más conviene a la historia: "Morad, hijo de Hanuth, ocupaba el primer puesto entre los emires y visires —hijos del valor y de la sabiduría—, que asisten en los ángulos del trono índico para servir en la paz y la guerra a la gloriosa posteridad de Timur", y que podríamos comparar al empleado por Borges en «El espejo de tinta», por ejemplo: "La historia sabe que el más cruel de los gobernadores del Sudán fue Yakub el doliente, que entregó su país a la iniquidad de los recaudadores egipcios, y murió en una cámara del palacio, el día catorceno de la luna de Bamajat, el año 1842 (126)".

Progresivamente, el relato de Abuzaid acumula evidencias, por así decir, de la insufrible inconsistencia y fragilidad humanas, las cuales se expresan en los peores vicios y en la falta de virtudes cardinales. El propio Abuzaid no se nos presenta como muestra de virtudes, sino más bien su propia e insistente búsqueda de virtud en los demás, de amistad y de constancia —y el reclamo que de todo ello hace— son la mejor constatación de aquello de que también él carece. Si el protagonista del relato se nos hace simpático es porque dicha búsqueda lo enriquece y humaniza, pero además va como integrando en un todo los componentes del personaje, en tanto los otros son vistos fragmentariamente, siempre como en fuga ante los reclamos de Abuzaid, es decir, deshumanizados.

«Manuscrito encontrado en una casa de locos»

«Manuscrito encontrado en una casa de locos», adelanta *el satanismo* o *monstruosismo* de ciertos modernistas, que fue también patrimonio común de los románticos. El título sugiere la relación por boca de un loco, y al mismo tiempo, la consecuencia de una búsqueda: *manuscrito encontrado*. Dicha búsqueda puede ser, a la vez, la del que narra (o escribe) y la del que encuentra (o lee). La transcripción del *manuscrito*, particularmente sin añadidos o acotaciones editoriales que lo intervengan, así como el punto de vista de la primera persona, que nos impone de la angustia psicológica paralela a la peripecia mundana del personaje, son responsables por la tensión e interés del hilo narrativo. No podría decirse aquí, en breves palabras, de qué manera el misterio o magia del relato adelanta ese otro cuento que responde al nombre de "El hombre misterioso", correspondiente a la *Minerva*, pero así es, como comprobará el lector a la vista de ambos relatos.

La fealdad en extremo repulsiva del protagonista de «Manuscrito», es románticamente contrapuesta a las virtudes que embellecen al personaje de «El hombre misterioso», un cuento en apariencia más verista. Contra lo que podría esperarse tal vez, no operan soluciones mágicas ni sortilegios de ninguna índole para resolver la suerte del desgraciado protagonista de «Manuscrito», (personaje que se halla entre el de iguales características en «La bella y la bestia») sino que su fealdad y horripilante aspecto son causantes del rechazo de sus padres y familiares, y en última instancia provocan el trágico fin de quien, protestándole amor, pero sin haberlo visto nunca a cara descubierta ni a la luz del día, accede a ser su esposa. El renombre, sin paralelo entre los sabios y artistas de su época, que logra conquistar el desdichado protagonista —siempre por la vía interpuesta de sus invenciones y escritos— con el ánimo de ganarse el amor de la mujer, no consigue que el final de su aventura no corresponda románticamente con la imagen contrahecha y dionisíaca que se le atribuye, y a la que está condenado.

«*Seged*»

«Seged», parecería no sólo corresponder plenamente a una estética romántica, sino que anticipándose al

Modernismo posterior da muestras de una mayor preocupación estilística. En verdad, parece un cuento cincelado por el buril casalesco o el rubendariano. Las palabras son gemas de una urdimbre cuidadosamente acabada. El nombre Seged mismo (Szeged) no es el menor de sus primores, ni lo es tampoco la serie de epítetos con que ya al comienzo nos es presentado: "(...) rey de Etiopía, monarca de cuarenta naciones, distribuidor de las aguas del Nilo (...)".

En cuanto a la anécdota misma del cuento, ésta se caracteriza, como ocurre con la «Historia de un salteador italiano» y acaso más, por la aventura interior o psicológica[18]. La conclusión, de obligado sesgo didáctico, refuerza este carácter psicológico de la narración, toda vez que *enseña*, al modo romántico, uno de los principios de dicha escuela, el fatalismo: "y dejó su historia a las generaciones futuras, para que ningún hombre presuma decir: —Este día será venturoso". Dicho final nos recuerda también ciertos recursos estilísticos empleados por Borges, incluso con mañosa reiteración en su extraordinaria obra narrativa. Véase por ejemplo el final de su relato «El incivil maestro de ceremonias Kotsuké no Suké» (*Historia universal de la infamia* (81)).

No hay en el relato de Heredia, por otra parte, una verdadera intención didáctica a la manera de los textos canónicos del *Conde Lucanor* pues la exaltación del tono no

---

[18]Tal concepto acaso pueda parecer anacrónico aplicado aquí, mas lo que se busca apuntar es la existencia de un mundo interior que corresponde al universo del personaje principal, y cuyas partes están dadas tanto por lo que le ocurre a éste como por sus implicaciones en el plano emocional. De tal manera es ello así que el relato logra captarse el interés del lector no sólo en relación a la anécdota del suceder, sino sobre todo respecto al ¿qué va a pasarle interiormente al protagonista?

resulta proclive a este propósito. Como es sabido, los verdaderos *exemplos* desnudan lo más posible de aderezos la anécdota que cuentan, a fin de ponerla al servicio del propósito último (o primero) que consiste de ofrecer una conclusión aleccionadora. En este cuento de Heredia, sin embargo, no se trata de buscar *exemplaridad* alguna, (a pesar de que éste pueda ser el pretexto argumental), sino de conseguir por acumulación, y de mantener en el proceso una tensión psicológica que dé al relato su fisonomía y carácter, y en los cuales radica su interés. La pretendida linealidad de la acción, en paralelo a la progresión anecdótica, está hábilmente manejada y contrasta con la técnica seguida en «Economía femenil». Ni que decir tiene que «Seged» resulta por contraste una narración mejor llevada a su conclusión. Mediante el procedimiento de la acumulación el narrador nos transmite el tedio del monarca y su incesante búsqueda de placeres, con los cuales vencer de éste, y logra, precisamente comunicar una tensión interior que es a un mismo tiempo la de la narración y la del personaje.

«Aningait y Ajut»

«Aningait y Ajut» posiblemente sea el más lírico entre los cuentos de Heredia. Es notable, entre otras cosas, por la creación de un ambiente groenlandés totalmente alejado de lo realista, que se desenvuelve entre las brumas e indefiniciones de lo lírico y lo fantástico. El argumento puede resumirse como una historia de amor más allá de la muerte. Asimismo, las implicaciones simbólicas encarnadas por los personajes (el sol y la luna / Aningait y Ajut) sugiere aún la existencia de otros estratos narrativos que en lo adelante deberá tener en cuenta la crítica, los que exceden el marco y parámetros del romanticismo. Este nivel de la narración, con imbricaciones en la cultura greco-latina, entre otras, es subyacente y poético, y en nada entorpece la construcción de ese primer nivel más elemental, directo o anecdótico del relato. Ciertos elementos discursivos de obvia incongruencia, como la mención del manatí en boca de Aningait para referirse a la blancura de los dientes de Ajut, lejos de pesar negativamente sobre el relato, le añaden hoy día un elemento de candoroso encanto[19]. Por otra parte, cuando el propio amante se refiere a "las fabulosas regiones que nos describen los mentirosos extranjeros, donde el año se divide en breves días y noches; donde la misma habitación sirve para el invierno y el verano; donde levantan en el suelo casas alineadas, viven en ellas años y años, con manadas de animales mansos que pastan en los campos vecinos (...)", no hay dudas de que el narrador consigue situarnos muy efectivamente en la incredulidad del groenlandés respecto del mundo por él desconocido, e inconcebible dentro de tales parámetros. Asimismo, la percepción de innúmeros detalles característicos (ficticios o *reales*) con el fin de ambientar el relato, es notable. Aningait ofrece a su amada (y a los padres de ésta) un banquete a modo de declaración formal de su interés por Ajut, y el plato que presenta en tal ocasión es la cola de una ballena. Indudablemente el más exquisito de los manjares —podemos imaginar— para un groenlandés. En pago del obsequio, Ajut se viste de "piel de ciervo blanco" y renueva "la pintura negra con que se teñía las manos y la frente", además de adornar sus manos "con coral y conchas" y de peinarse "cuidadosamente". Los elementos modernistas que aquí se adelantan, constituyen uno de los más notables aspectos del cuento, y seguramente el lector los tendrá en cuenta. Heredia parece haber abandonado en este relato, de manera absoluta, la pretensión del *exemplo* moralizante, y cuanto le interesa es contarnos la historia de Aningait y Ajut y sus amores desdichados.

---

[19]No deberíamos olvidar que muchos otros autores, incluido Shakespeare, por ejemplo, se sirvieron en su momento de *licencias* geográficas (o poéticas) de esta índole.

«El niño malcriado»

Este cuento resulta comparativamente inferior al anterior y podríamos compararlo a «Economía femenil» tanto por la índole de sus recursos como por el tono. El protagonista relata la visita que hiciera a una familia y el subsiguiente paseo en coche al que fuera invitado, y del cual se hace centro *Perico*, el niño malcriado que da nombre al relato. Al final, los desmanes causados por la criatura, que a todos obliga con sus caprichos ante la obvia satisfacción de los padres y el disimulo que se impone el visitante, sirven de pretexto al narrador para lanzar una tirada aleccionadora respecto a la educación que se debe a los niños y contra el consentimiento abusivo de aquellos padres que lejos de educar a sus hijos los dejan hacer y deshacer a voluntad. Nada en este cuento sorprende verdaderamente. Tal parece que el afán aleccionador sofoca la anécdota misma, de manera que ésta parece tener como principal propósito justificar la conclusión pedagógica del relato.

«Protágoras»

En *«Protágoras»*, por el contrario, el relato se mueve ágilmente buscando sorprender al lector, propósito éste que consigue plenamente. La brevedad y concisión misma del relato dan a éste la impresión de un relámpago en cuyo chisporroteo se halla todo el interés. El ingenio con que el estudiante de retórica logra burlar a su maestro, y con él desconcertar a todos los que deben impartir justicia, dan al relato su peculiar aire de picaresca intelectual.

«El caballero gordo»

El motivo y tema central de este cuento no es otro que el aburrimiento que experimenta el protagonista, alojado en una posada de aldea inglesa un domingo lluvioso cuando el personaje se halla enfermo. Los pormenores de su estancia, la pintura psicológica de los demás parroquianos o pasantes, en particular el caballero gordo que ocupa la pieza designada con el número trece y las descripciones del inmueble hacen de este relato uno de los mejores del conjunto. Aunque Heredia emplea algunos de los recursos de su otro cuento de la *Minerva*, «El hombre misterioso», algo que ya el nombre de ambos cuentos revela, se trata en realidad de dos relatos totalmente diferentes. Si en el segundo de éstos la pesquisa o interés por descubrir la verdadera identidad del personaje ocupa al protagonista y sirve al narrador para hacer avanzar la anécdota, en «El caballero gordo» este factor se halla explicado y a él sirve de contrapeso el aburrimiento que experimenta en su habitación el protagonista. De manera que, si en ambas narraciones hay un elemento de interrogante y de pesquisa en torno a un individuo equis, el peso respectivo de este factor y la manera en que se plantea y resuelve en cada una de ellas los conviert en muestras *sui géneris* y de gran interés particular.

«El hombre misterioso» o «El hombre del saco de hule»

En el índice correspondiente a la *Minerva*, según aparece dado por Ruiz Castañeda, se describe la trama del último de los relatos de Heredia hasta ahora conocidos en los siguientes términos: "enredo en torno a un hombre [cuya identidad verdadera resulta] misterios[a], apodado *el hombre del saco de hule*[20] (26)". No se piense, sin embargo, en una intriga policial, aunque el elemento de pesquisa no resulte ajeno al relato. El empleo del término *misterioso* se justifica sobradamente en su sentido de *desconocido* o que *despierta la curiosidad en los otros*, particularmente en el joven viajero, indudablemente extranjero, que vemos sentado al lado de otros, en lo alto de la diligencia que lo lleva a la ciudad inglesa de Dover, de procedencia no precisada en el relato. Los percances y la conversación de los diferentes

---

[20] A propósito, la voz *hule* es de origen azteca.

personajes salpimentan el sustrato de búsqueda o pesquisa que anima al joven hasta llegar al desenlace. Entonces parece que al fin va a tener lugar algún género de resolución a tono con su interés, pero... En este punto será mejor dejar a los lectores el hallazgo pertinente. Bástenos decir que se vuelve al punto de partida, lo que hace del relato una pieza narrativa sumamente original de final inesperado e incuestionable modernidad.

En el curso de su narración, Heredia se revela no sólo un narrador interesante, sino ya en completo dominio de la prosa narrativa y de las técnicas de contar. Con éste y los relatos mencionados precedentemente, quedan ahora a la disposición del lector y del crítico, un grupo de cuentos de la autoría de José María Heredia por primera vez reunidos —lo cual equivale a decir, accesibles— que nos presentan al autor a una nueva luz, sin dudas complementaria y favorecedora en relación al resto de su obra.

III. Algunos criterios de edición.

Al proceder a la re-edición de estos cuentos, y a su compilación en forma de libro por primera vez, hemos seguido los siguientes criterios estilísticos. Se ha revisado, actualizándola en correspondencia con las normas predominantes en nuestros días, la ortografía tanto en lo que concierne al deletreo de las palabras como en lo que respecta a la acentuación y al empleo de signos puntuales. Se remplazan las comillas de que el autor y editor de la revista se vale para indicar las intervenciones dialogadas de los personajes por la rayuela larga o *pleca*, común desde hace ya mucho en el español actual para indicar tales menesteres. Hemos evitado el *laísmo* ocasional en que incurre el autor, anomalía gramatical que hoy juzgaríamos de mal gusto, amén de tratarse de una incorrección. Hemos mantenido, por otra parte, las formas enclíticas muy de época aún cuando no constituyan mandatos, así en vez de escribir "le dijo" dejamos la forma "díjole", pero en ningún caso "díjola". Ocasionalmente se acude a los corchetes [ ] dentro del texto, para incorporar una conjunción u otro género de palabra que bien consideramos necesaria por resultar esclarecedora, o porque nos parece favorecedora de la fluidez y limpieza de estilo. En todo caso, una vez avisado, el lector se halla en libertad de ignorar este recurso del editor si así lo desea. Por lo demás, se ha respetado puntillosamente el texto original. Ahora, es el turno del lector, a quien corresponde la última palabra.

Omar, o
Vanidad de los proyectos humanos

Omar, hijo de Asán, había pasado entre prosperidad y honores setenta y cinco años de su vida. El sucesivo favor de tres califas había llenado su casa de oro y plata, y donde quiera que aparecía le saludaban las bendiciones del pueblo.

La felicidad humana es transitoria. El esplendor de la llama domina su pábulo, y la flor fragante se disipa en la profusión de sus olores. Omar empezó a perder las fuerzas; el pelo cayó de su cabeza, la fuerza se alejó de sus manos y de sus pies la agilidad. Devolvió al califa las llaves de la confianza y los sellos del secreto y no reservó para el resto de su vida otro placer que la conversación de los sabios y la gratitud de los buenos.

Sus facultades mentales se conservaban enteras, y su casa estaba llena de visitas, que deseaban recibir los consejos de su experiencia, y tributarle su admiración. Caled, hijo del virrey de Egipto, era de los primeros que entraban y de los últimos que salían. Este joven era de bella figura y poseía natural talento y elocuencia. Omar admiraba su ingenio, y amaba su docilidad.

—¡Oh, tú, a cuya voz han atendido las naciones, y cuya sabiduría se aplaude por toda el Asia —le dijo Caled—, dime de qué modo podré parecerme a Omar el prudente. Los medios de que te has valido para adquirir y conservar el poder ya no te son útiles: comunícame el secreto de tu conducta, y enséñame el plan con que tu sabiduría edificó tu fortuna.

—Joven, —le respondió Omar— de poco sirve formar planes de vida. Cuando a los veinte años de edad eché la primera ojeada atenta sobre el mundo, apoyado en un cedro que extendía sus ramas sobre mi cabeza, pensé de este modo: *el hombre vive setenta años, aún me quedan cincuenta. Dedicaré diez a instruirme, y viajaré en los otros diez. Seré sabio, y me honrarán: las ciudades aplaudirán mi llegada, y todos los estudiantes solicitarán mi trato. Estos veinte años me producirán un tesoro de ideas en cuya combinación y comparación ocuparé el resto de mi vida, que será inaccesible al tedio. Mas no me apartaré mucho de la senda común de la vida, y me casaré con una mujer bella como las huríes, y prudente como Zobeida: con ella viviré veinte años en los suburbios de Bagdad, gozando cuantos placeres pueden comprar las riquezas, y crear la fantasía. Luego me retiraré al campo; allí pasaré los últimos días en la oscuridad y la contemplación, y me reclinaré silencioso en el lecho de la muerte. Mi regla primera será, no depender jamás del favor de los príncipes, no exponerme a los artificios de las cortes, no anhelar honores públicos, ni turbar mi quietud con negocios de estado.* Tal fue el plan de vida que formé, grabándolo de un modo indeleble en la memoria.

Debía dedicar a instruirme la primera época siguiente, y no sabré decir cómo, se frustró mi designio. En lo exterior, no tenía impedimento alguno visible, ni en lo interior pasiones que me dominasen: miraba a la sabiduría como el honor más alto, y la fuente de los placeres más atractivos. Sin embargo, pasaban día tras día, y mes tras mes, hasta que me hallé con que de los primeros diez años había perdido siete. Pospuse ya mis viajes. ¿Para que hacerlos cuando me faltaba tanto que aprender en mi patria? Encerréme cuatro años y estudié las leyes del imperio. La fama de mi saber llegó a los jueces: les resolví las cuestiones más difíciles, y el Califa me colocó a los pies de su trono. Oíanme con atención, me consultaban con plena confianza, y el amor de los elogios se apoderó de mi corazón.

Aún deseaba yo viajar, atendía —estático— a las narraciones de los viajeros, y varias veces resolví renunciar mi empleo y halagar mi alma con las novedades que ofrecían otros climas; pero siempre era yo necesario: me arrastraba el torrente de los negocios, y temía la tacha de ingrato. Mas, aún me proponía viajar, y no quise encadenarme con el matrimonio.

A los cincuenta años comencé a sospechar que había pasado el tiempo de los viajes, y creí más prudente buscar la felicidad en los goces domésticos. Pero un novio de cincuenta años no halla con facilidad una mujer bella como las huríes y prudente como Zobeida. Perdí el tiempo en dudas, consultas y deliberaciones, hasta que sesenta y dos años cumplidos me hicieron avergonzar de los planes de matrimonio. Sólo me restaba ya, el retiro, mas no lo pude verificar hasta que las enfermedades me separaron por necesidad de los empleos públicos.

Tal fue mi plan, y tales han sido los resultados. Con una sed insaciable de saber, perdí los mejores años de mi juventud; con un deseo incesante de ver otros países, he residido siempre en la misma ciudad; con las más halagüeñas esperanzas en la felicidad conyugal, he vivido soltero, y con una resolución inalterable de acabar mi existencia en la contemplación y el retiro, voy a morir entre los muros de Bagdad.

Benhadar

Cierto bajá de Esmirna caminaba a Constantinopla por orden del sultán, con su comitiva de jenízaros y criados montada en cincuenta camellos. Cerca de medio día llegó a un hermoso bosque de naranjos, donde serpeaba una cristalina fuente, en cuyas márgenes aparecía más fresca y delicada la verdura de la yerba. Los camellos vacilaban, y alzaban las orejas, mirando hacia las apacibles aguas, que les excitaba[n] poderosamente el apetito.

—Hagamos un alto —dijo el bajá—, y descansemos en este agradable sitio.

Sentóse en un cojín de terciopelo, pidió su pipa y cruzando gravemente las piernas, mandó a su poeta o narrador de cuentos le refiriese alguno para pasar el tiempo entretenido. Inclinóse el poeta, y empezó de este modo:

—Un comerciante de Basora, llamado Benhadar, fumaba un día su pipa bajo los granados que florecían en su jardín, y se entretenía considerando sus riquezas. —*Veamos —decía— tengo cincuenta mil piastras en efectos que conduce la caravana que se aguarda por momentos: triple cantidad valen mis dos navíos que vienen de la India con ricas sedas y especierías, el gran bajá Albacil me debe ochenta mil piastras, y otro tanto valen mi casa y jardines. ¡A fe, Benhadar, que eres rico: goza y sé feliz!* Interrumpió [la evocación de] tan gratas imágenes la llegada de un correo, con el aviso de que la caravana que traía sus efectos había perecido, sepultada en los arenales del desierto. A poco, llegó otro con la nueva de que sus dos buques habían naufragado junto a [la costa de] la isla de Serendib, cuyos naturales saquearon los cargamentos y asesinaron a las tripulaciones. Por fin, vino un tercero a noticiar que el gran bajá Albacil había incurrido en la desgracia del Califa, que le había enviado el cordón, y confiscádole todos sus bienes.

Aquí se manifestó algo inquieto el bajá de Esmirna, pero no dijo palabra, y el narrador continuó:

—Benhadar se revolcaba, desesperado, en el polvo, mesándose el pelo con furia. *¡Oh, Alá!* —gritaba— *¿Qué mundo es éste, y qué mortales ciegos le habitan? A saber yo lo que había de sucederme, no hubiera aventurado mis bienes a los torbellinos del desierto, las borrascas del mar y los caprichos de la fortuna. Yo que desciendo del profeta, sé lo mismo de lo que pasará mañana, que el camello que no teme a Dios. ¿Por qué es esto, Alá?*

—*¿Quién llama a Alá?* —gritó una voz como de trueno—. Benhadar miró azorado alrededor de sí, y vio una basta columna de niebla en que gradualmente se desenvolvían los contornos de una figura humana, que cubierta de inmensa luz, y con aire de altivez y desprecio preguntó de nuevo a Benhadar qué quería.

—*Lamentaba* —respondió éste temblando— *el naufragio de mi fortuna, y me quejaba de que los hombres no podamos saber del porvenir como de lo presente y lo pasado.*

—*¿Quieres saberlo, mortal? Sabe que Alá tiene prometido al profeta satisfacer un deseo a todos los de su posteridad. Reflexiona, pues, y dime el tuyo, pero advierte, que el don será irrevocable.*

Benhadar se quedó pensativo. *Ahora* —dijo entre sí— *puedo recobrar y centuplicar mis tesoros, y conservarlos, con el conocimiento de lo futuro.*

—*Quiero* —dijo al genio— *saber lo que ha de sucederme en la vida, y lo que han de pasar en el mismo período los adoradores del profeta.*

—*Hombre infatuado* —exclamó el genio— *has fijado tu suerte, y te compadezco. ¡Mira!* —Y le presentó un inmenso espejo que parecía reflejar un mundo como el que habitamos—. *¿Qué quieres ver primero? ¿Las mutaciones del mundo o las vicisitudes de tu vida?*

—Las mutaciones del mundo —respondió Benhadar horrorizado al ver alzarse el velo que ocultaba la región pavorosa de lo futuro.

—Mira... —gritó el genio con voz fulminante— *Mira, llora y tiembla. ¿Qué ves?*

—*Veo un país asolado a sangre y fuego, y ruinas de poblaciones humeantes. Veo una ciudad asaltada por un vasto ejército, cuyas banderas no conozco. Una gallarda figura, cubierta con un rico turbante sale de un palacio espléndido, y se arroja al terrible conflicto. ¡Cuánta sangre y horror...! La media luna cae: el noble caudillo agoniza cubierto de sangre; los musulmanes huyen o perecen. Algunos de los que llevan la cruz los persiguen, y otros penetran en el palacio. Oigo los gritos de las mujeres hermosísimas arrastradas a las calles por las trenzas de su negro pelo. Veo el palacio ardiendo, la media luna hundida en el polvo, y la ciudad hecha una ruina humeante. ¿Qué es esto, genio?*

—*Es la historia de tus compatriotas de España. El país que ves devastado es el que arrancarán a Mahoma los perros cristianos, que por tantos siglos han sido esclavos de la media luna. Esa ciudad es la corte del Califa español, a quien viste perecer lastimosamente, y las que gritan en medio de tan brutales insultos son sus mujeres, hijas y hermanas.*

—¡Horror! —exclamó Benhadar— *¿Y quiénes son esos tristes y numerosos peregrinos que veo embarcar con tanta violencia en la playa del mar?*

—*Son tus compatriotas, los descendientes de los grandes conquistadores de España. Destruido su imperio, se acogerán a las impenetrables asperezas de los montes, donde serán cazados como bestias feroces, atormentados por su fe, y tratados como seres sin los derechos de la humanidad y naturaleza, hasta que se llene la medida de opresión con lanzar a sus miserables restos a perecer en las miserables playas de África.*

—¿*Y entre tanto, dónde están Alá y su profeta?* —exclamó Benhadar furioso.

—*Calla, mortal. ¡Así lo quisieron! Mira otra vez.*

—*Veo vastas ciudades y campos casi desiertos, donde vagan algunos enfermos, que parecen cadáveres animados, y caen y se revuelcan, como en un paroxismo de agonía, y mueren, y sus cuerpos cúbrense de manchas negras y asquerosas. ¡Evítame, oh genio, esta escena lamentable!*

—*Ves la peste, azote que pronto barrerá a tus compatriotas de la faz del mundo por millares, centenas de millares y millones. Pasará de llanura en llanura; de ciudad en ciudad; de nación en nación, donde quiera que se reconoce la fe de tu profeta. Desatará los vínculos de la sangre; reducirá los vivos a muertos; poblará las ciudades con hienas, lobos y zorras, y convertirá las mieses florecientes en abrojos y espinas.*

—¿*Y yo he de ver esto?*

—*Esto y mucho más. ¡Mira!*

Benhadar volvió la vista al espejo, y vio con deleite a su patria Basora iluminada por la grata luz del sol de la tarde. Su tersa bahía brillaba como un espejo, y mil barcas animaban su superficie donde reflejaban las torres y cúpulas de la ciudad espléndida.

—*¡Deliciosa escena!* —exclamó Benhadar, pero al punto vio temblar la tierra, y que el gran golfo de Ormuz, concentrado en una inmensa ola, se precipitaba sobre la playa con irresistible furia. Oyó un pavoroso ruido subterráneo, parecido al estruendo que harían las ruedas de mil carros, y vio bambolearse las altas torres como juncos agitados por el viento. Los habitantes corrían por las calles en la agonía de la desesperación. Oyóse un horrible estallido, y torres y cúpulas y edificios desaparecieron en una inmensa nube de polvo que oscureció la atmósfera, y entre ella resonaban infinitas quejas, imprecaciones y gemidos.

—*Por piedad, oh, genio,* —exclamó Benhadar— *déjame que huya.*

—*¡Mira otra vez!* —le gritó el genio, con ceño formidable.

La ciudad había desaparecido, y ocupaba su lugar un oscuro y sulfuroso lago, cubierto de oscura niebla. Entre ella se veían volar, chillando, algunas aves de rapiña que se esforzaban en devorar los cadáveres flotantes en la superficie del agua. Un mar muerto había remplazado a un mundo vivo.

—*Maldito espejo* —prorrumpió Benhadar, cogiendo una piedra para hacerlo pedazos.

—*¡Tente!* —le gritó el genio—. *¿Piensas, necio mortal, romper con un guijarro la cadena eterna del destino? ¡Mira otra vez!*

Benhadar, aterrado, soltó la piedra, y vio las llanuras del Asia cubiertas con una multitud de hombres armado que marchaban cantando alcluyas, hollaban y consumían los frutos de la tierra; saqueaban e incendiaban las ciudades, y derriban todas las cabezas que tenían turbantes. Aquel terrible ejército, cuyos soldados llevaban cruces rojas en sus armas o mantos, arrolló con ímpetu irresistible las huestes del profeta, y empapó la tierra con la mejor sangre de medio mundo. El hambre y la peste seguían sus huellas, marcada por una línea de muertos y moribundos. Siguióse una batalla campal en que los francos se apoderaron del estandarte del profeta, habiendo derribado a un joven musulmán el brazo en que lo empuñaba, y dejándole cubierto de heridas, y al parecer muerto.

Benhadar apartó los ojos para enjugar sus lágrimas y fijándolos otra vez en el espejo, vio una rica tienda llena de bajáes, entre los cuales estaba atado el joven que había defendido el estandarte sacro, pálido y cubierto de vendas y ligaduras.

—¡*Cuánto me alegro!* —exclamó Benhadar— *El profeta bendecirá a este valiente joven, y sin duda va a recibir del Califa una honorífica recompensa.*

Mas, al punto, oyó que le acusaban de cobardía por haber perdido el estandarte, y puesto así en peligro, el imperio de los fieles. El joven se defendió, alegando enérgicamente que se lo quitaron cuando a fuerza de heridas yacía exánime, a lo que el Califa dijo fríamente:

—*Si hablas verdad, eres desgraciado, pero lo cierto es que tú perdiste el estandarte sacro, y vives. ¡Muera el hijo de Benhadar de Basora!*

—¡*Muera!* —respondieron los bajáes, y el verdugo echó el lazo al cuello del infeliz joven. Benhadar no vio más, porque cayó desmayado.

Volvió en sí, frenético, pero aterrado por la imperiosa voz del genio, tuvo que mirar de nuevo al espejo fatal. Éste representaba un ciego decrépito, trémulo, encorvado hacia la tierra, cubierto de andrajos, y que llevaba en su rostro cadavérico las señales de una miseria incurable. Guiado por un perro, pedía limosna de puerta en puerta, y todos le rechazaban con dureza y bárbaro escarnio. Benhadar lo vio agitarse en un paroxismo de rabiosa locura, desgarrar sus andrajos y arrancarse y arrojar al aire las canas que le quedaban, revolcarse en el suelo y llenarse de tierra la boca y el arrugado rostro. Parándose después empezó a tirar en torno a sí furiosos palos, y con uno de ellos derribó a su perro sin vida. Quiso luego seguir su camino, advirtió la falta de su guía, y bajando la mano por la cuerda que le ataba, reconoció que estaba muerto. Cogió al pobre animal en sus brazos, lo besó y lloró sobre él como sobre un hijo suyo. La energía momentánea de su frenesí se convirtió en insensibilidad y abatimiento lastimoso, hasta que expiró, junto a su perro.

—*¡Infeliz!* —dijo Benhadar— *Pero en fin, ya terminaron sus trabajos.*

—*Ahora comienzan* —repuso el genio—. *¿Conoces a ese miserable? ¡Es Benhadar de Basora!*

Benhadar quedó yerto de horror, pero recobrándose luego, exclamó:

—*¡Loor a Alá! Ya lo sé todo y tomaré medidas para evitar estas calamidades. ¡Felices, los que saben el porvenir!*

—*¡Necio presuntuoso!* —dijo el genio—. *¿Crees que para evitar los males basta preverlos? Alá te ha mostrado lo futuro, porque lo has querido, y desciendes del profeta, pero ni por él mismo alterará tu destino irrevocable* —dijo, y desapareció, dejando a Benhadar desesperado. Éste volvió al seno de su familia y recibió sus caricias con agonía silenciosa, recordando las calamidades futuras que había visto. Al fin, vino a caer en una profunda melancolía, y le fue insoportable la existencia:

—*¡Oh, Alá!* —exclamaba en la amargura de su alma—. *¿Por qué no puedo morir al instante?*

—*¡Muere pues!* —le gritó la voz fulminante del genio, que volvió a presentársele repentinamente. Benhadar alzó los ojos, y vio que se acercaba el terrífico ángel de la muerte, blandiendo su espantoso dardo, y con una ampolleta vacía en la mano izquierda. En sus ojos hundidos, relampagueaba un fuego semejante a una lámpara que arde en una profunda caverna. Encorvaba sus labios una expresión de menosprecio a la débil mortalidad, y le seguían los infinitos ministros de su cólera. Benhadar, espantado, se cubrió con las manos el rostro.

—*¿Estás pronto?* —le preguntó el genio.

—*¡Aún no: quiero arreglar mis asuntos; abrazar a mi mujer e hijos, y pedir al profeta que los bendiga!*

—*Es tarde, y no admite demora la muerte. En este momento se hallan contadas las horas de millones de mortales. ¡Prepárate!*

El ángel de la muerte se acercó a Benhadar, que quiso huir, pero se halló como clavado en el suelo. Temblaban sus rodillas, se heló su sangre; cubrió su frente un sudor frío; se le anubló la vista, y cayó sin sentido.

En tal estado lo llevaron a su cama, y cuando volvió en sí, el genio, el espejo y el ángel de la muerte se habían borrado de su memoria. Levantóse, y cualesquiera que fuesen sus infortunios posteriores, no se acrecentaron con el horror de una previsión inútil.

—¡La moral de tu cuento es muy buena! —dijo el bajá de Esmirna—. Sin embargo, yo me alegraría de saber para que me llama el Gran Señor a Constantinopla. —Esto diciendo, montó en su camello, y continuó viaje a la cabeza de su comitiva.

Historia de un salteador italiano

Nací en Frosinone, población situada al pie de los Abruzzos. Mi padre, que se había enriquecido en el comercio, me dio alguna educación, porque me destinaba a la Iglesia; pero yo había adquirido otros hábitos; trabajaba poco, me divertía mucho con otros jóvenes de mi edad, y era holgazán, disipado y pleitista. Tuve, sin embargo, una vida bastante serena hasta que me enamoré. En mi pueblo residía un mayordomo del príncipe, y tenía una hermosa hija de dieciséis años, que vivía muy retirada. La vi casualmente, y me enamoré de ella con pasión. Era fresca como una rosa, en sus miradas resplandecían la modestia y la dulzura, y la blancura de su tez contrastaba con el cutis moreno de las mujeres que había yo tratado hasta entonces.

Como mi padre no me negaba dinero, estaba yo bien vestido y procuraba mostrarme ventajosamente a mi querida[1]. La seguía a la iglesia, y por la noche tocaba la guitarra bajo sus ventanas; aun logré hablarle un momento en una viña de su padre, donde salía a pasearse. Noté que me correspondía, pero su padre se inquietaba con mis obsequios, porque tenía mal concepto de mí, y quería casar mejor a su hija. Enfurecíme, y el amor y el orgullo ofendido acabaron de exaltar mi rabia.

El padre de Rosa le trajo un nuevo pretendiente, que era un hacendado rico de la vecindad. Fijóse el día de la boda, y se hacían ya sus preparativos, cuando vi a mi querida en su ventana. Me pareció, que me miraba tristemente, y juré impedir a toda costa el matrimonio proyectado. Encontré al novio en la plaza, y no pude contenerme; algunas mutuas injurias inflamaron mi cólera, saqué mi puñal, se lo clavé en el corazón, y me

---

[1] Hoy preferiríamos sin dudas la palabra *amada*.

guarecí en una iglesia inmediata, de la que no osaba salir por miedo a la justicia.

Formábase en aquellos días una cuadrilla de bandoleros, y su capitán —que me conocía desde la infancia— sabedor de mi situación, vino a verme en secreto, y me propuso que le acompañase. (Más de una vez había pensado yo tomar esta vida, pues conocía a varios ladrones que hacían gran papel, y gastaban mucho dinero con los jóvenes de mi aldea). Salí, pues, de mi asilo, presté el juramento ordinario, y me admitieron en la cuadrilla.

La vida azarosa que emprendimos, y era tan nueva para mí, se apoderó enteramente de mi imaginación al principio; mas, luego la volvió a ocupar la imagen de Rosa, y mis primeros afectos recobraron toda su violencia, hasta que mi amor llegó a ser una fiebre. ¡Un frenesí! Al cabo salimos de los bosques para una expedición en el camino de Nápoles, y pasamos dos días en los montes que dominan a Frosinone. No puedo explicar lo que sentí al ver la casa de mi adorada Rosa. Resolvíme a verla, sin designio *fijo*.

Tres semanas antes había persuadido a nuestro capitán [de] que se acercase a Frosinone, lisonjeándole con la esperanza de que cogeríamos [preso] a alguno de los principales vecinos, y le haríamos pagar un buen rescate. Una tarde estábamos emboscados junto a la viña del padre de Rosa, y yo me acerqué solo al lugar en que ella solía pasearse. ¡Oh, Dios! ¡Cómo se agitó mi corazón al ver una ropa blanca que ondulaba entre la verdura! Adelantéme poco a poco, y de repente me le puse delante. Dio un grito agudo, pero la tomé en mis brazos, y le puse una mano en la boca, pidiéndole que callase. Mis juramentos, mis súplicas, mi delirio, le pintaron la pasión que me devoraba; le ofrecí abandonar aquel género de vida, le propuse que pondría mi suerte en sus manos, y huiría con ella a otro país, en que pudiésemos vivir seguros. Pero el horror y el espanto habían lanzado el amor de su pecho [y ella] se agitaba en mis brazos y daba mil gritos. En un momento nos rodeó el resto de la cuadrilla. ¡Qué no hubiera yo dado entonces porque Rosa estuviese tranquila y, segura en casa de su padre! Pero ya era tarde: el capitán declaró que Rosa era presa suya, y mandó que la llevasen al monte. Le representé que Rosa era mía, y le conté nuestras antiguas relaciones. Sonrióse con aire burlón, y me dijo que los bandoleros no tenían que ver con las intrigas de aldea, y que, según nuestras ordenanzas, toda presa de esta clase debía sortearse. El amor y los celos me desgarraban el alma; pero era fuerza obedecer o morir. Puse a Rosa en manos del capitán y nos dirigimos al monte.

La infeliz nos seguía temblando, y pronto fue necesario sostenerla. No pude sufrir que mis camaradas la tocasen, y, afectando una calma que estaba muy lejos de mi corazón, pedí que me la entregasen, alegando que la vista de una persona conocida suya disminuiría su espanto. El capitán me lanzó una mirada escrutadora [que] sostuve sin turbarme, y accedió a mi solicitud. Tomé a Rosa en mis brazos. Estaba casi privada[2]. Su cabeza se inclinó sobre mi hombro, y sentí en mi rostro su dulce aliento, que acrecía más y más el fuego que me devoraba. ¡Gran Dios! ¡Tener en los brazos aquel tesoro, y pensar que pronto...!

Llegamos al pie del monte, y me iba siendo más difícil caminar, al paso que adelantábamos; pero no podía resolverme a soltar aquella dulce carga. Desesperábame al contemplar nuestra próxima separación, y acabó de turbarme el juicio la imagen de

---

[2] Privada de sus sentidos, desmadejada.

los horrores que amenazaban a tanta inocencia y hermosura. Veíame tentado a abrirme camino con el puñal en la mano por entre aquellos facinerosos, y llevarme a Rosa en triunfo; pero al punto conocí la extravagancia de tal designio, y me atacaba una especie de vértigo al pensar que otro sería poseedor de tantas gracias.

Procuré adelantarme para aprovechar la primera ocasión de fuga. ¡Vanos esfuerzos! El capitán mandó hacer alto; temblé, pero obedecí. La desdichada, sin fuerza, sin movimiento, entreabrió los ojos lánguidamente. La puse con suavidad sobre la yerba. El capitán me lanzó una mirada furiosa, y me mandó a recorrer los bosques inmediatos con mis compañeros, para traer algún pastor que fuese a Frosinone a pedir el rescate de Rosa a su padre. Comprendí el peligro. Resistir era buscar una muerte segura; abandonar a Rosa era entregarla al capitán. Hablé con el fuego que me inspiraban mi pasión y mi despecho; recordé al capitán que yo la había cogido, que era mía, y que mis compañeros debían respetar los vínculos que me unían a ella. Le supliqué me prometiese respetarla, y no me forzase a desobedecerle. Su respuesta fue apuntarme con su carabina, y todos hicieron lo mismo, riéndose bárbaramente de mi estéril rabia.

¿Qué podía yo hacer? Conocía la locura de resistir, estaba amenazado por todas partes, y mis compañeros me llevaron consigo. Rosa quedó sola con el capitán. No tardé en hallar un pastor, y, esperando llegar antes que se consumase el crimen, volé al sitio en que había dejado al capitán. Halléle sentado junto a Rosa; su aire de triunfo y el abatimiento mortal de la víctima no me dejaron duda alguna sobre la suerte de ésta. Apenas me acuerdo de lo que sentí; tuve que devorar mi furia, tuve que guiar la desfallecida mano de Rosa para que escribiese a su padre pidiéndole trescientos pesos por su rescate. El pastor marchó con esta carta, y el capitán me dijo, mirándome severamente:

—Has dado un ejemplo de insubordinación que sería nuestra ruina si se tolerase, y, a tratarte conforme a nuestras leyes, debía levantarte la tapa de los sesos; pero eres uno de los compañeros de mi niñez, y he sufrido con paciencia tus extravagantes furores. ¡Te he salvado de una pasión insensata, que infaliblemente hubiera debilitado tu corazón! En cuanto a esta niña, queda sujeta a nuestras leyes.

[Esto] dijo, dio sus órdenes, se echaron suertes, y la infeliz quedó abandonada a la cuadrilla.

El infierno bramaba en mi corazón; veía la imposibilidad de vengarme, y conocía que el capitán tenía razón conforme a nuestras leyes atroces. Agitado por una especie de frenesí, me arrojé al suelo, y arranqué la yerba con mis manos; crujía los dientes, y golpeaba la tierra con mi frente en la agonía de la desesperación. Por fin, volví a ver a la triste Rosa, pálida, desgreñada, con el vestido roto. La compasión acalló mi rabia; la tomé en mis brazos, la arrimé al pie de un árbol, la recliné cuidadosamente en su tronco y, tomando mi calabaza llena de vino, la llegué a los labios para hacerla tragar algunas gotas. ¡Qué horror el de su suerte! Ella, orgullo de su padre y de toda su población, tan fresca, tan bella, tan feliz pocas horas antes... Tenía los dientes apretados, los ojos fijos en el suelo, sin movimiento, en una insensibilidad absoluta. Inclinéme sobre ella con el corazón despedazado; miré con horror a mis compañeros, que me parecían demonios celebrando la caída de un ángel, y por la primera vez me estremecí al pensar que era yo cómplice.

El capitán, siempre suspicaz, vio con su penetración ordinaria lo que pasaba en mi pecho, y me envió al pie del monte a esperar la vuelta del pastor. Llegó éste, y me dijo que el padre de Rosa había recibido la carta con una violenta emoción, pero habiéndola leído, respondió fríamente:

—Esos miserables han deshonrado a mi hija; que la [de]vuelvan sin rescate, o que muera.

Me estremecí, porque según las leyes sanguinarias de los bandoleros, era inevitable la muerte de Rosa, y conocí que, no habiendo podido poseerla, era capaz de ser su verdugo.

Conduje al pastor ante el capitán, que oyó su respuesta, hizo una señal [y] se apartó de la víctima. Todos lo seguimos. Pronunció el fallo de muerte, y todos estaban prontos a ejecutarlo. Entonces intervine para hacer una súplica espantosa.

—La noche se acerca —les dije—; pronto el sueño cerrará los ojos de la víctima, y en ese momento debe inmolarse; el único derecho que reclamo, por todo el amor que le he tenido, es el de darle el golpe funesto. Mi mano será tal vez menos bárbara que otra.

Alzáronse muchas voces contra mi proposición, pero el capitán les impuso silencio, me dijo que llevase a Rosa a un bosque inmediato, y que fiaba en mi palabra.

Apresuréme a coger mi presa. En el triunfo de la desesperación, me vi al cabo único dueño de mi querida. La llevé a lo más espeso del bosque, en el mismo estado de insensibilidad y estupor. Fue fortuna que no volviera en sí, porque si me hubiera conocido, si hubiera pronunciado mi nombre, era imposible...

La infeliz se adormecía en mis brazos, y una tempestad horrible agitó mi alma antes de que me resolviese a darle el golpe mortal; pero los tormentos habían endurecido mi corazón, y temía que otro fuera su verdugo. Dejéla dormir un rato, y apartándome suavemente para no despertarla, cogí mi puñal, y se lo clavé en el seno. Un murmullo sordo y lamentable, sin ningún movimiento convulsivo, acompañó su último aliento. ¡Así pereció aquella desventurada!

Economía femenil

Simplex munditi
Horacio

—No tienes motivo para quejarte de mis gastos —decía la bella Eugenia a su amante y confuso marido—; no hay señora que vista con más sencillez que yo. No uso tápalos de cien pesos (el marido se estremeció), ni trajes de baile para una sola noche, ni velos de encaje, ni, como algunas de mis amigas, exijo un par de zapatos de seda y dos pares de guantes al día. Los zapatos me duran una semana, y los guantes me sirven hasta dos veces. Además, no te arruino con las cuentas del cajón, de la modista, ni del peluquero, ni te pido muebles nuevos para cada año; sólo voy al teatro cuatro días a la semana; nunca juego, y mi traje diario es un túnico de indiana francesa o muselina; un sombrerillo me dura un mes. En fin, Augusto, no sabes apreciar una mujer buena y económica, y es lástima que no te casaras con Panchita, que gastaría tu hacienda en plumas y abanicos y (aquí se detuvo un poco) además, te haría cosas peores. (El marido se restregó la frente.)

— Querida Eugenia —prorrumpió el contrito Augusto—, no volveré a decirte una palabra; creo que tienes razón (y suspiró); sólo siento la escasez de mis facultades, y veo que un joven no puede casarse sin un grueso caudal. Una mujer bonita (Eugenia se sonrió) debe andar a lo menos aseada y no es friolera lo que esto exige en los tiempos extravagantes que nos han tocado. Ellos tienen la culpa, y no tú, amor mío; y no me quejara, a no verme terriblemente atrasado de seis meses acá, lo que sólo puedo atribuir a las numerosas cuentas de modistas, zapateros, etc., etc., etc.

Eugenia se sonrió con aire de menosprecio.

—¡Veintidós túnicos al año! —continuó él.

—Sí —replicó Eugenia—, a ocho o diez pesos miserables uno con otro.

—Y otro tanto de las hechuras y guarniciones, y uno o dos pesos cada lavada para usarse...

—Un solo día, bobo.

—Y luego, apenas te atreves a sentarte, por no ajar los embutidos y demás adornos.

—Y ¿qué?...

—Nada; luego tres o cuatro pesos cada pañuelo, y las carretadas de ropa que recibe tu lavandera, con la que peleas todas las semanas, y [la cual] dice que para planchar uno de estos *túnicos baratos*, gasta un día entero...

—Sí señor.

—Para que lo tengas puesto otro día de sol a sol — repuso irónicamente el triste marido.

—Y qué ¿no quieres que ande aseada[3]?

—Bien, querida; pero *tu aseo* me barre la gaveta.

—¿Para qué te casaste?

—Hice mal; pero ya no tiene remedio.

—¡Que rara vez pido sedas y encajes! — prorrumpió Eugenia—, o alhajas nuevas, o convites, o...

Augusto quiso interrumpirla; pero no es fácil contener el flujo de una lengua femenil.

—¿Acaso, como nuestra vecina, te hago desvelar, viniendo tarde?

—No, bien mío.

—¿O te aflijo teniendo dares y tomares con cortejos?

—No, querida.

—¿O...?

---

[3]Emperifollada, presentable.

—Deja eso, idolatrada Eugenia. ¡Abrázame! Será lo que tú quieras; mas, procura economizar...

—Nadie puede gastar menos que yo.

—No te enfades; voy a buscar mil pesos a crédito, hipotecando mi casa, y solo siento no ser más rico para satisfacer tus deseos.

—Sí, querido, con eso me compraras un vestido de montar, a la amazona, que los hay preciosos, una peineta de las nuevas que han llegado, y un hilo de perlas que me han ofrecido, y, por ser de segunda mano, lo dan en un tercio de su valor.

Un tierno abrazo terminó esta escena, y Augusto marchó en busca de un usurero. ¡Dichoso él, con una mujer tan moderada y juiciosa!

Reflexionando yo sobre esta conversación convine interiormente en que, en efecto, el traje y adorno de Eugenia era s*implex munditiis,* pues no cargaba una docena de peinetas ribeteadas de oro para sujetar los rizos de su hermoso pelo; sólo usaba dos anillos en cada mano; prefería una graciosa guirnalda de flores a las soberbias plumas o a la espléndida piocha, cuyo valor habría bastado en otro tiempo a dotar a una infanta, y no exigía con imperio un escuadrón de criadas, ni muebles extranjeros, ni palco en el teatro. Con todo, tenía bien sofocado al pobre Augusto, aun con sus sencillos trajes de efímera duración, en que *materiem superabat opus.*

¡Lejos de mí el pensamiento de privar a las hermosas de su aseado y modesto adorno! Sólo quiero convencer a los novios de los peligros que arrostran, y de que, cuando calculen sus proporciones para mantener mujer e hijos, no deben olvidarse del comerciante, del joyero, de la modista, y aun de la lavandera. ¡Feliz —tres veces feliz— el hombre que puede hacer frente a tantas necesidades! Y sabiéndolas de antemano, está libre de sorpresas y disputas mujeriles, cuya colmada bolsa no teme estos ataques de emboscada, y recibe sin alteración cuentas semanales o mensuales, pues sólo a los grandes tocan las anuales, aún más temibles, porque *vires acquirunt eundo*.

Hamet y Raschid

Una seca larga y rigurosa abrasaba los campos de la India, y Hamet y Raschid, pastores vecinos, estaban juntos en los linderos de sus heredades. Los rodeaban sus ganados, a quienes devoraba una terrible sed, y en la agonía de su dolor, clamaron al cielo por agua. De repente, se calmó el aire, enmudecieron los pájaros, y cesó de balar el ganado. Los dos pastores volvieron la vista en torno suyo, y vieron venir por el valle un ser de majestuosa y gigantesca estatura, a quien conocieron por el *Genio de la Distribución*. En una mano traía las gavillas de la abundancia, y en la otra, el sable de la destrucción. Hamet y Raschid quisieron, atemorizados, evitar su presencia, pero él los llamó, y con voz tan dulce como la brisa vespertina que murmura entre los bosques aromáticos de Saba, les dijo:

—No huyáis de vuestro bienhechor, hijos del polvo. Vengo a ofreceros dones que sólo vuestra insensatez puede hacer inútiles o dañosos. Agua pedís, y agua os ofrezco. Decídme con cuánta quedaréis satisfechos, mas no habléis con imprudencia y considerad que el exceso de cuantos objetos puede gozar el cuerpo, no es menos peligroso que su falta. En medio de la sed que os aflige, no olvidéis que muchas personas mueren ahogadas. ¡Ea, pues, Hamet, dime lo que pides!

—¡Oh, ser benigno y benéfico! —respondió Hamet—. Perdona mi confusión y asombro. Te pido una fuentecilla que ni se quede seca en estío, ni cause inundaciones en invierno.

—Concedido —exclamó el genio, y luego abrió la arena con su sable, y de ella brotó una fuente que al punto esparció sus aguas cristalinas por el sediento prado. Las flores cobraron su fragancia, los árboles denegridos reverdecieron, y los ganados, con saltos de júbilo, apagaron la sed que los devoraba.

Entonces el genio se volvió a Raschid, para que pidiese por su parte, y él dijo:

—Echa, ¡oh genio!, en mis tierras al Ganges con todas sus aguas y todos sus habitantes.

Hamet se quedó atónito al oír esto, y ya le pesaba internamente no haber hecho antes la misma solicitud, cuando el genio prorrumpió indignado:

—¡Hombre necio! No seas insaciable. Recuerda que de nada te sirve lo que no puedes usar. ¿Son acaso mayores tus necesidades que las de Hamet?

Raschid insistió en su petición, lisonjeándose ya con figurarse cuan triste papel haría su compañero Hamet ante el propietario del Ganges. Entonces el genio se dirigió hacia el río y los dos pastores se quedaron suspensos en espera del resultado. En tanto que Raschid miraba a su vecino con orgulloso menosprecio, se oyó de repente un ruido espantoso, como de mil torrentes precipitados y furibundos. El inmenso Ganges salía de su profundo lecho, y se arrojaba sobre la posesión de Raschid. La feroz avenida aniquiló en un instante sus sementeras, ahogó sus animales, y abismó su casa y su familia [y] mientras él contemplaba despavorido tantos desastres, la corriente le arrebató en su vórtice, y apenas empezaba a luchar con ella, le devoró un cocodrilo monstruoso.

Abuzaid

(cuento oriental)

Morad, hijo de Hanuth, ocupaba el primer puesto entre los emires y visires —hijos del valor y de la sabiduría— que asisten en los ángulos del trono índico para servir en la paz y la guerra a la gloriosa posteridad de Timur. Morad, en premio de sus hazañas en muchas batallas y sitios, obtuvo el gobierno de una provincia; y las oraciones de sus habitantes, a quienes había hecho felices su administración, elevaron hasta las torres de Agra la fama de su moderación y sabiduría. El emperador le llamó a su presencia, y puso en sus manos la llave del tesoro y el sable del poder. La voz de Morad resonó entonces desde las rocas del Tauro hasta el océano Indico, y en su presencia todas las lenguas enmudecían, todos los ojos se inclinaban.

Muchos años vivió en la prosperidad; cada día aumentaba su riqueza, y extendía su influjo. Los sabios repetían sus máximas; los caudillos, aguardaban sus órdenes. (La emulación se ocultó en la caverna de la envidia, y el descontento se estremecía, de sus propias murmuraciones). Pero la grandeza humana es breve y transitoria, como el olor del incienso consumido por el fuego. El sol se cansó de dorar con su luz los palacios de Morad; las nubes del pesar se acumularon en torno de su cabeza, y la tempestad del odio se desató, rugiendo sobre su morada.

Morad vio acercarse apresuradamente su ruina. Los primeros en abandonarle fueron sus poetas, y no tardaron en hacer lo mismo todos aquellos a quienes pagaba para que contribuyesen a sus placeres: ya sólo se veían en su casa unos pocos cuyas virtudes habían merecido justamente sus favores. Morad conoció su peligro, y, se postró al pie del trono. Sus acusadores se mostraban altivos y confiados, en tanto sus amigos se contentaron con permanecer en una fría neutralidad. Y por fin, la voz de la verdad quedó sofocada por las vociferaciones de la calumnia. Despojaron a Morad de su poder, privándole de sus adquisiciones, y le condenaron a pasar el resto de su vida en sus posesiones hereditarias. Morad estaba ya tan acostumbrado al bullicio y a los negocios, a los pretendientes y lisonjeros, que no sabía como emplear sus horas en la soledad. Cada mañana veía con sentimiento salir el sol, a imponerle un día ocioso, y envidiaba al salvaje que vaga en el desierto y tiene que ocuparse continuamente en proveer a sus necesidades, de modo que o pasa el tiempo en perseguir a su presa, o en dormir fatigado en su guarida.

Sus disgustos viciaron al fin su constitución, y le atacó una fiebre lenta. Negóse a los remedios y al ejercicio, y yacía en su lecho impaciente y sin descanso, más temeroso de la muerte que deseoso de la vida. Sus criados, al principio, duplicaron sus afectuosas atenciones; mas viendo que su celo no suavizaba el mal humor de Morad, ni su exactitud le satisfacía, se entregaron al ocio y al descuido, y el que había gobernado naciones se vio más de una vez sin un criado que le sirviese.

En este melancólico estado, envió a llamar a su hijo Abuzaíd, que servía en el ejército, y alarmado al saber la enfermedad de su padre, voló a verle. Aún vivía Morad, y recobró una fuerza pasajera con los abrazos de su hijo. Hízole sentar al lado de su cama, y le dijo:

—Abuzaíd, tu padre nada tiene ya que esperar o temer de los habitantes de la tierra. La fría mano del ángel de la muerte le oprime, y el sepulcro voraz reclama su presa. Oye, pues, los preceptos de una larga experiencia. ¡Y que mis últimos consejos no sean inútiles! Tú me has visto feliz y miserable, has presenciado mí exaltación y mi caída. Mi poder está en manos de mis enemigos, y mis riquezas han sido galardón de mis acusadores; pero la clemencia del emperador me ha conservado mi patrimonio, y su cólera no ha podido quitarme la sabiduría. Vuelve los ojos alrededor de ti, y cuanto veas ha de ser tuyo dentro de pocos minutos. Aplica tu oído a mis consejos, y estos bienes producirán tu felicidad. No aspires a honores públicos; no entres en los palacios de los reyes: tu riqueza te hace superior al insulto, y tu moderación te hará inferior a la envidia. Conténtate con la dignidad privada. Esparce tus riquezas entre tus amigos; extiende cada día tu beneficencia, y no dejes reposar tu corazón hasta que te amen cuantos te conozcan. En la cumbre de mi poder dije yo a la calumnia: ¿quién te escuchará? Y al artificio: ¿qué puedes hacer? Pero, hijo mío, no desprecies la malicia, aun la de los más débiles: acuérdate de que la ponzoña suple a la fuerza, y de que el león suele morir por la picadura de un áspid.

 Morad expiró pocas horas después. Abuzaid, pasados los meses de luto, trató de arreglar su conducta a los preceptos de su padre, y de cultivar el amor de todos los hombres. Consideró con prudencia que la felicidad doméstica era la primera cosa que debía asegurar, y que ninguno tiene tantos medios de hacer bien o mal como los que asisten a las horas de negligencia, oyen los raptos de la irreflexiva alegría, y observan los impulsos de las pasiones. Aumentó, pues, el salario a todos sus criados, y pagó con dones liberales los esfuerzos extraordinarios. Pero cuando se congratulaba con la fidelidad y el afecto que suponía en su familia, le espantó una noche el asalto que le dieron unos ladrones, los que presos, declararon que un criado los había introducido. El criado confesó que les había franqueado la puerta porque tenía las llaves otro, que no era más digno de confianza.

Así se convenció Abuzaíd, de que no es fácil convertir a un dependiente en un amigo, y de que cuando muchos solicitaban el primer lugar en su afecto, aquellos que no lo obtuviesen habían de quedar disgustados. Resolvió pues, asociarse con unos cuantos jóvenes —sus iguales en rango— escogidos entre las principales familias de la provincia. Con ellos vivió feliz algún tiempo, hasta que la familiaridad les quitó toda restricción, y cada cual se juzgó autorizado para entregarse a sus caprichos, y sostener sus opiniones. Incomodáronse entonces unos a otros con la contrariedad de sus inclinaciones y la diferencia de sus sentimientos, y Abuzaíd tuvo que ofender a algunos con su parcialidad, o a todos con su indiferencia.

Determinó después, no unirse estrechamente con seres tan discordantes, y obrar en un círculo más vasto. Trataba a los hombres con universal cortesía, convidaba a todos a su mesa, y a ninguno admitía en su intimidad. Pero muchos a quienes había negado su amistad desdeñaron luego su trato. Cada uno de los que venían a su mesa, atraídos por su abundancia y magnificencia, quería introducirse en su intimidad, se juzgaba confundido entre la muchedumbre, y se quejaba de que no le distinguían. Poco a poco fueron insinuándose todos, y todos encontraron igual negativa: entonces la mesa se cubría en vano de platos exquisitos; la música resonaba en salones vacíos, y Abuzaíd reducido a la soledad, quedó en disposición de formar nuevos planes de placer o tranquilidad.

Ya resuelto a probar la fuerza de la gratitud, solicitó algunos sabios cuyo mérito estuviese oscurecido por la pobreza. No tardó su casa en llenarse de poetas, escultores y pintores, que nadando en inesperada abundancia ejercitaron todas sus facultades para celebrar a su protector generoso. Mas a poco tiempo se olvidaron de la miseria en que antes yacían, y empezaron a considerar a su patrón como un hombre limitado, que se estaba engrandeciendo con obras de cuya ejecución no era capaz, y que estaba sobradamente pagado con que ellos se dignasen aceptar sus beneficios. Abuzaíd oyó sus murmuraciones, y los despidió. Y desde entonces quedó ciego a la magia de los colores, y sordo a la armonía del panegírico.

Cuando salían los artistas despedidos, murmurando contra su patrón arrepentido amenazas de perpetua infamia, Abuzaíd, que estaba a la puerta, llamó a uno de ellos, que era poeta.

—Hamet —le dijo—, tu ingratitud ha terminado mis esperanzas y experimentos. Ya he conocido la vanidad con que se afanan los que desean ser recompensados por la benevolencia humana. Por eso determino aquí y ahora ejercitar la virtud, y huir del vicio, sin contemplar la opinión de los hombres. Estoy resuelto a no solicitar más aprobación, que la del Supremo Ser, único a quien estamos seguros de agradar, con sólo procurarlo así.

Manuscrito encontrado en una casa de locos

Soy el primogénito, de una familia numerosa. Noble de nacimiento y eminente en riqueza. Mis hermanos son ágiles, y vigorosos; mis hermanas, son bellas como los sueños de la fortuna. ¿Por qué fatalidad sólo yo caí en este brillante mundo, contrahecho y espantoso? Mis miembros son un remedo; mi semblante, un horror, y mi existencia una mancha en la superficie de la creación, (una discordia en la armonía de la naturaleza; una miseria viva, una maldición animada). Estoy privado de los objetos de mi carrera, condenado a no encontrar cosa viva a quien comunicar los afectos cuya fuente profunda tengo en el corazón. Soy la execración del amor: la amistad me mira con asco y la compasión al contemplarme se convierte en aborrecimiento. Donde quiera que huyo me cerca el odio como atmósfera y me siento entre el círculo impasible de un destino perseguidor y pavoroso. La ambición, el deleite, la filantropía y la fama —bienes comunes de la sociedad— son como otros círculos que sólo tocan al mío en un punto, que es el tormento. La ciencia de los sabios ordinarios, comparada con mi sabiduría, es como el polvo respecto del oro, y mi caridad y amor, se extienden hasta a los gusanillos de la tierra. ¿Mas de qué me sirven todas estas cualidades? No puedo emplearlas sin mezclarme con los hombres, y al punto que lo hago, mi existencia se convierte en agonía, cébase en mí la burla, el terror sigue mis pasos, vivo de veneno y sólo el menosprecio me alimenta.

Cuando nací, la nodriza me negó el pecho; mi madre al verme cayó en delirio y mi padre mandó que me ahogasen como a un monstruo. Los médicos me salvaron. ¡Malditos sean! Una mujer, vieja y sin hijos, me crió por caridad. Crecí y busqué algo que amar. Todo lo amé: la tierra, la yerba fresca, el insecto vivo, el bruto doméstico. Desde la piedra muerta que pisaba hasta el sublime aspecto del hombre, nacido para mirar a las estrellas, y despreciarme; desde la cosa más noble hasta la más delicada, desde la más hermosa hasta la más abyecta. ¡Todo lo amé! Arrodilléme ante mi madre; pedíle su amor, y se estremeció. Acudí a mi padre y me arrojó de su presencia. Los individuos más viles de la raza humana se negaron a asociarse conmigo; hasta el perro (y busqué uno que parecía más feo y asqueroso que los otros) me temía, y se alejaba de mi repugnancia. Crecí solitario y miserable. Fui como el reptil aprisionado en el corazón de una piedra; emparedado en una soledad a la que nunca llegó el plácido aliento de la simpatía, y allí estuve, condenado a vegetar y a consumirme en meditaciones sofocantes y ponzoñosas. Empero, aunque este fuese el calabozo de mi corazón, no podían negar a mis sentidos exteriores el aspecto dulce y magnífico de la naturaleza, ni quitarme la sociedad de los ilustres muertos. La tierra me abrió sus maravillas, y sus tesoros, los escritos de los sabios. Leí, estudié, examiné, descendí a las fuentes profundas de la verdad, y reflejó en mi alma la santidad de su divina hermosura. Lo pasado se extendía como un mapa delante de mí; los misterios de este mundo vivo se levantaban de lo presente como nubes; aun la experiencia llegó a darme algunas prendas y señales del tenebroso porvenir, y yo colgué sobre las maravillas de la creación los talismanes de la ciencia y de la poesía. Mas no me era posible vivir en un mundo de amor y ser la única cosa condenada al odio.

—Viajaré —me dije— a las otras regiones del globo. Todos los hijos de la tierra no llevan en sí el sello altivo de ángeles y dioses, y entre su infinita variedad podrá haber alguno que me vea sin horrorizarse.

Me despedí del único ser que no me odiaba, de la mujer que me crió. Estaba ya decrépita y ciega, por lo que no rehusó poner su mano sobre mi cabeza deforme y bendecirme.

—Pero más valía... —prorrumpió al hacerlo, y a pesar de su chochera— ...más valía que hubieras perecido en el vientre.

Y yo, al oírla, solté una gran carcajada, y partí. Una tarde, durante una de mis excursiones, me encontré al salir del bosque junto a la casa de un cura de aldea. Rodeábala una tupida y alta cerca de arbustos, bañados en rocío por un crepúsculo de verano, en que la rosa, el jazmín y la azucena exhalaban perfumes deliciosos, los cuales no se me vedaba gozar. Andaba yo, lentamente junto a la cerca, y oí voces del lado opuesto; paréme a escuchar y eran unas mujeres que hablaban del amor, y de las cualidades que lo crean.

—No —decía una, y la música de sus palabras estremeció mi corazón— no requiero belleza en un amante, sino un alma que domine a otras, y una pasión que me incline esa alma. ¡Quiero genio y afecto nada más!

—Empero —dijo la otra voz— no podrías amar a un monstruo en persona, aunque fuese un milagro de entendimiento y de amor.

—¡Podría! —replicó con fervor la primera—. Conozco bien mi corazón. ¿Te acuerdas de la muchacha de la fábula, a quien amaba un monstruo? Pues yo hubiera amado a ese monstruo.

Alejáronse un poco, mas yo las seguí por fuera, y por una abertura de la cerca vi el semblante y la figura de la primera, cuyas palabras habían traído a mi corazón un vislumbre del cielo. Sus ojos despedían una luz dulce y penetrante; el cabello que se dividía en su frente cándida era del color brillante del mismísimo oro; su aspecto era melancólico y pensativo y sobre la delicada y transparente palidez de sus mejillas vagaba la elocuencia del pensamiento. Podría tal vez no parecer bella a otros ojos, pero a los míos fue un ángel. ¡Oh, el semblante de la criatura que infunde en el pecho tenebroso los primeros vislumbres de la esperanza, es más bello que las visiones del poeta Cario, o las formas aéreas que flotaban ante las hijas de Delos! Desde entonces tomé mi resolución; ocultéme en el bosque inmediato, y allí me alojé con los animales silvestres en cavernas, o bajo las sombras de los árboles. Pasaba los días en sueños y un delirio apasionado; al anochecer salía para espiar desde lejos los pasos de la que adoraba, o acercarme —oculto entre los matorrales— y regalarme con su voz argentada. En la silenciosa y larga noche, acostado bajo la sombra de su techo, fijaba mi alma vigilante como una estrella, en las ventanas del cuarto en que ella dormía. Regué sus paseos con las flores de la poesía, y conmoví el aire con el aliento de la música. En mis escritos y canciones usé cuanto podía despertar su imaginación o excitar su interés en los blandos acentos de las alabanzas, el idioma ferviente de una pasión o la melodía líquida del verso. ¡Tentativas funestas! ¡Séquese la mano; consúmase, como la hoja devorada por el fuego, el corazón de que salieron las plegarias de mi amor nefando y pavoroso! Le dije en mis versos y en mis cartas, que había oído la confesión de sus sentimientos; le dije que yo era una cosa repugnante a la luz del día, pero también, que la adoraba, y respiré mi historia y su amor en los números del canto, que entoné con las cuerdas plateadas de mi laúd, en voz que desmentía mi aspecto, y no dejaba de estar en armonía con la sublime naturaleza. Ella me respondió, y su respuesta llenó de encanto el aire, que hasta entonces había sido para mí un tormento respirable. Repitióme que nada le importaba la belleza del cuerpo, sino la del alma. Díjome que quien escribía y sentía como yo no podía serle odioso; díjome que podía amarme aunque mi figura fuese aún más deforme de lo que yo la pintaba. ¡Y yo, necio, miserable, la creí! En tanto, permanecía oculto entre los árboles, envuelto en un manto de pies a cabeza, y asegurado con su juramento de que no procuraría penetrar mi secreto, o ver mi figura, hasta la hora que yo le señalase. Tuve con ella varias conversaciones en las noches apacibles del verano, bajo de las calladas estrellas, y mientras yo desarrollaba a su mente las maravillas del mundo místico y las glorias de la sabiduría, mezclaba con mis instrucciones al amor su apasionada elocuencia.

En una de estas noches y en medio de la conversación vi que se inflamaban sus mejillas.

—Ve —me dijo— y obtén de otros la admiración que me has inspirado; ve, comunica al orbe tu sabiduría, adquiere la gloria de la fama, la gloria que inmortaliza a los hombres, y vuelve y reclámame. Seré tuya.

—¡Júralo! —exclamé.

—¡Lo juro! —dijo, y al decirlo la luz de la luna bañaba su rostro inflamado con el ardor del momento, y la singularidad de la escena. En sus ojos ardía un fuego enérgico y su figura, cercada por la luz como por un halo de gloria, parecía ensancharse y crecer con la energía determinada del alma. La miré y saltóme dentro el corazón. No le respondí; alejéme en silencio y no volvió a saber de mí en algunos meses.

Volé a un sitio distante y solitario, y volví a rodearme de libros, a explorar los arcanos de la ciencia y a recorrer las estrelladas regiones de la poesía. Derramé sobre las páginas mudas los pensamientos y los tesoros de mi espíritu. Lancé mis obras anónimas al mundo; el mundo las recibió, las aprobó y se convirtieron en fama. Los filósofos se inclinaron atónitos ante mis descubrimientos. Los estudiantes pálidos explotaron con ansia las minas de saber que yo revelaba, y las vírgenes solitarias suspiraban con rubor bebiendo en mis versos patéticos, el fuego de las pasiones. Ancianos y jóvenes, todas las sectas y todos los países unieron su aplauso entusiasta al ser desconocido que, según ellos, dominaba con nuevo y poderoso talismán, a los genios de la sabiduría y a los espíritus del verso.

Volví a mi amor. La cité con el propio misterio y condiciones que antes. Declaréme el desconocido cuyo nombre llenaba todos los oídos y todas las lenguas. ¡Ya su corazón se lo había dicho! Pedí mi recompensa, y la obtuve en el profundo silencio de la noche, cuando ninguna estrella penetraba el velo tenebroso de las nubes, cuando ningún vislumbre luchaba con la negrura universal; ningún soplo interrumpía la inmóvil pesadez de la atmósfera que nos cercaba. Los densos bosques y los montes eternos fueron únicos testigos de nuestras nupcias, y mi amada, vestida de tinieblas como de un manto, se reclinó en mi seno, sin que la horrorizase el sitio de su reposo.

Esta singular unión duró algunos meses, y yo era feliz. Al cabo, no pudo ya ocultarse el fruto de nuestro amor ominoso. Fue indispensable que huyésemos o confirmásemos con los ritos y ceremonias humanas, una unión que formamos entre las solemnidades más santas de la naturaleza. Era imperiosa e inevitable la revelación. Tomé el partido que me ordenaba la gratitud. Tranquilizado por sus protestas, enternecido por su fidelidad y amor, enloquecido por sus lágrimas, alucinado por mi corazón, convine en el matrimonio y prometí descubrirme por la primera vez al pie del altar.

Llegó el día prefijado. Por nuestro mutuo deseo tan sólo asistieron dos testigos, además del sacerdote, y del anciano y desolado padre, que sólo consintió en nuestro singular himeneo porque el misterio le parecía menos horrible que la infamia. Mi novia los había preparado a ver un aborto deforme y pavoroso, pero (¡ah!, ¡ah!, ¡ah!) no los había preparado a que me viesen. Entré, y todos los ojos —menos los de ella— se dirigieron a mí. Resonó un grito unánime; el sacerdote cerró involuntariamente su libro, y murmuró un exorcismo contra el demonio; el padre se cubrió la cara con las manos y cayó; los otros testigos salieron precipitados de la capilla. Apuntaba la aurora; las luces ardían con débil y fúnebre esplendor. Yo me llegué a mi novia, que trémula y llorosa bajo su largo velo, no había osado mirarme.

—Mírame —le dije—. Mi esposa, mi adorada, mira a tu esposo. —Le alcé el velo y vio entonces mi semblante junto al suyo. Dio un grito agudo y cayó en tierra sin conocimiento. No la levanté; quedéme inmóvil, mudo. Vi fija mi suerte, completa mi maldición. Y muerto, dentro de mí, yacía mi corazón, helado como una piedra. Entraron otros, y se llevaron a mi novia. Poco a poco se reunió una multitud de gentes a mirarme, entre la burla y el miedo. Entonces volví en mi acuerdo y me levanté. Los hice correr espantados, y dando un solo y penetrante grito me precipité y escondí en el bosque inmediato.

Pero a la noche, volví a salir a la hora acostumbrada de nuestras citas. Acerquéme a la casa; escalé la pared y entré por la ventana en su cuarto. Estaba todo en soledad y silencio. No encontré allí cosa viva; pero las luces ardían, claras y brillantes. Llegué a la cama, y vi que en ella estaba tendida una persona, con una luz a los pies y otra a la cabeza. Así, me sobraba luz para reconocer a mi esposa. Era [su] cadáver...

Seged
(cuento árabe)

Nemo tan divos habuit faventes crastinum Ut possit sibi pollicers.
SÉNECA

Seged, *rey de Etiopía* —monarca de cuarenta naciones; distribuidor de las aguas del Nilo— hablaba así, a los veintisiete años de su reinado:

—¡Al cabo, Seged, tus afanes han llegado a su término! Has aquietado a tus desafectos, sofocado a los rebeldes, acallado las envidias de tus cortesanos, ahuyentado la guerra de tus confines y erigido fortalezas en tierra de tus enemigos. Los que te han ofendido, tiemblan en tu presencia y se obedece tu voz do quiera que se escuche. Tu trono está rodeado por ejércitos numerosos como las langostas del verano, e irresistibles como el aliento de la peste. Tus almacenes están llenos de municiones y rebosa tu tesoro con los tributos de los reinos conquistados. La abundancia ondea sobre tus campos y en tus ciudades brilla la opulencia. Tu ceño, es como el terremoto que sacude las montañas, y tu sonrisa como el alba de un día de primavera. En tu mano está concentrada la fuerza de miles y tu salud es la de millones de hombres. El himno de la alabanza alegra tu palacio. Y el aliento de la bendición, perfuma tus huellas. Tus vasallos ven tu grandeza y no temen ninguna miseria ni peligro. ¿Por qué, Seged, no gozas de los bienes que prodigas? ¿Por qué tú sólo no disfrutas de esta general felicidad? ¿Por qué anublan los cuidados tu frente, cuando el último de los que te llaman soberano, pasa el día en gozo y la noche en paz? Al fin, Seged, reflexiona, y sé prudente. ¿Qué producen las victorias sino seguridad? ¿Para qué se acumulan riquezas sino para comprar la ventura?

Ordenó, pues, Seged, que se preparase para recibirle una quinta situada en una isla del lago de Dambea.

—Me retiraré —dijo— por diez días, del tumulto y los cuidados, de los consejos y decretos. Los que rigen a las naciones no pueden gozar una larga quietud, pero no puede negárseme una separación de diez días, y me es fácil asegurar este corto intervalo de dicha, contra el temor o el anhelo, contra el pesar y el disgusto. Excluiré de mi morada toda inquietud, y apartaré de mi mente las ideas que puedan turbar la armonía de los conciertos y las delicias de la mesa. Llenaré de gozo mi alma, y probaré lo que es vivir en la plena satisfacción de todos los deseos.

Cumpliéronse al punto las órdenes de Seged y pasó éste al palacio de Dambea, que estaba en una isla sembrada de cuantas flores despliegan sus tintas al sol, y de cuantos arbustos esparcen al aire sus perfumes. En un ángulo de aquel vasto jardín, había calles de árboles para paseos matutinos, y en otros bosquecillos espesos, grutas oscuras y fuentes murmuradoras para descansar al mediodía. Cuanto podía halagar la imaginación o solazar los sentidos; cuanto puede sacar la industria de la naturaleza o proporcionar la opulencia al arte; cuanto puede adquirir la conquista, o atraer la beneficencia, estaba allí reunido para excitar y satisfacer todos los apetitos voluptuosos. A aquella deliciosa morada llevó Seged todas las personas de su corte que parecían propias para recibir o comunicar gusto; los jóvenes, las hermosas y los ingenios, vinieron apresurados a saciarse de felicidad. Navegaron alegremente por el lago, que parecía suavizar ante ellos su cristalina superficie; los acentos de la música resonaban en todos los oídos, y todos los corazones estaban llenos de esperanza. Desembarcado Seged con su comitiva, pasó a su cuarto, a pensar donde empezaría su círculo de ventura. Tenía delante a todos los artistas del placer, y no sabía a quién llamar, puesto que no podía gozar uno sin dilatar el goce de otros. Pensó y arrepintióse, resolvió y mudó sus resoluciones, hasta que, fatigado y confuso volvió al salón en que le aguardaban con un aspecto lánguido y triste, que al punto se comunicó a todos los presentes. Notólo Seged y se ofendió porque aumentaba su mal humor el de los otros, que esperaba se lo disipasen con sus obsequios. Volvió, pues, a su aposento y buscó el consuelo en sí mismo. Unos pensamientos se le acumulaban tras otros, y una larga serie de imágenes ocupó su mente. Pasósele el tiempo sin sentirlo, hasta que ya más tranquilo alzó la cabeza y vio que el lago reflejaba en sus aguas los últimos resplandores del sol que ya se ponía.

—Tal —dijo suspirando Seged— es el día más largo de la existencia humana. Antes de que aprendamos a aprovecharlo, termina.

Su sentimiento por haber perdido la mayor parte del primer día le quitó el humor necesario para disfrutar la noche, y después de haber procurado afectar gusto, para forzar a sus cortesanos a mostrar una alegría de que él no participaba, redujo sus esperanzas a la mañana siguiente, y se acostó a gozar del sueño, como los esclavos del trabajo y de la miseria.

Levantóse temprano al segundo día, y resolvió ser feliz. Fijó, pues, en la puerta de palacio un edicto para que todo el que en aquellos nueve días se le presentase con aspecto triste o profiriese cualquiera expresión de pesar o disgusto, fuese echado para siempre del palacio de Dambea.

Este edicto se supo luego en todos los cuartos de palacio y en todos los ángulos del jardín, y heló en todos los ánimos la jovialidad; los que danzaban en los céspedes o cantaban a la sombra se ocuparon —desde luego— en sólo cuidar de sus miradas y acciones, para que Seged fuese puntualmente obedecido, y no cayesen ellos en el destierro que amenazaba.

Seged vio todos los semblantes amoldados a una sonrisa, pero sonrisa que indicaba solicitud, timidez y violencia. Habló a sus favoritos con familiaridad y dulzura, pero ellos no osaron contestarle sino con premeditación y estudio. Propuso diversiones en que todos consintieron porque cualquier objeción hubiera mostrado disgusto, pero las vieron con frialdad los cortesanos, quienes solo querían señalarse con clamorosa alegría. Entabló varias conversaciones y sólo obtuvo chanzas forzadas y risa laboriosa, y después de muchas tentativas inútiles para animar a la sociedad, tuvo que confesarse la impotencia del mando y abandonar otro día al disgusto y al tedio. Por fin, se encerró en su cuarto para combinar a solas la felicidad de los días siguientes. Arrojóse en el lecho y cerró los ojos al descanso, pero soñó que una inundación asaltaba su palacio y jardines, y despertó con todos los terrores de un hombre que lucha en las aguas con la muerte. Volvió a dormirse, mas le aterró una irrupción imaginaria de sus enemigos, y luchando en sueños sin poder moverse, creyó que le entregaban los suyos, y al cabo despertó lleno de horror, e indignación.

Era ya de día y estaba tan aterrado que no pudo volver a dormirse. Levantóse, pero con la fantasía ocupada por el diluvio y la invasión, que no le dejaban libre el ánimo para divertirse. Al cabo, cedieron a la razón sus inquietudes y resolvió no dejarse afligir por males imaginarios, pero ya entonces había pasado la mitad del día. Volvió a conocer la incertidumbre de los proyectos humanos, y no pudo menos de lamentar la flaqueza del hombre, cuya quietud bastan a turbar los vapores de la imaginación. ¡Inquietóle un sueño, y luego sentía, que un sueño le hubiese inquietado! Al fin descubrió que sus inquietudes y sentimiento eran igualmente vanas, y que perder lo presente en lamentar lo pasado era prolongar voluntariamente una visión melancólica. Entretanto, expiraba ya el tercer día, y Seged resolvió de nuevo ser feliz al siguiente.

Al alba del cuarto día se levantó fresco, alegre y vigoroso. Entró en el jardín, seguido por las princesas y damas de la corte, y viéndose rodeado de alegría, comenzó a pensar que aquel día sería venturoso. La luz del sol brillaba sobre las aguas, los pájaros cantaban en los árboles y las brisas jugaban entre los bosquecillos odoríferos. Seged, vagando por el jardín, oía los cantos, se mezclaba con los que danzaban, se abandonaba a cavilaciones voluptuosas o prefería reflexiones graves y máximas sentenciosas y se gozaba en la admiración con que los cortesanos la recibían.

Todos los que veían al rey se alegraban de su aspecto, y él gozaba la felicidad que producía; mas habiendo pasado tres horas en estas inocentes satisfacciones, le alarmó un clamor general que levantaron las mujeres, y volviendo la cara, vio que todos huían despavoridos. Un cocodrilo había salido del lago, y retozón —o hambriento— correteaba por el jardín. Seged le vio con indignación, como perturbador de su felicidad, y lo hizo echar otra vez al agua, pero no pudo persuadir a la reunión que se tranquilizase. Las princesas aún no se consideraban seguras encerradas en el palacio. Todos pensaban en el peligro pasado, y nadie tenía humor para charlar ni chancearse.

Seged quedó, pues, reducido a contemplar las innumerables casualidades que yacen emboscadas por todas partes para interceptar la felicidad del hombre y turbar sus horas de paz y deleite. Tuvo, empero, el consuelo de pensar que no tenía culpa en el accidente que había burlado las esperanzas del día, y cuya repetición podía impedirse con precauciones prudentes. A fin de proveer al gusto de la mañana siguiente, derogó su edicto penal, pues ya conocía que el disgusto y la tristeza no se ahuyentan por las amenazas de la autoridad, y que el placer sólo reside en el seno de la libertad y la franqueza. Invitó, pues, a todos sus cortesanos a ilimitada jovialidad, proponiendo premios a los que se distinguiesen al día inmediato en producciones festivas: las mesas de la antecámara estaban cubiertas de oro y perlas, vestidos y guirnaldas para premiar a los que refinasen la elegancia y los placeres.

Al ver tantas riquezas, todos los ojos centellearon, y todos los labios celebraron la liberalidad y magnificencia del Emperador. Pero cuando entró Seged en esperanzas de gran placer por la emulación universal, encontró que toda pasión fuertemente agitada termina la tranquilidad necesaria a la alegría, y que el alma debe estar en calma total para que la muevan los blandos impulsos del deleite. Cuando apetecemos con ardor alguna cosa, debemos temer su pérdida en el mismo grado, y el temor y el gusto son incombinables.

Todo era, pues, afán y solicitud; todos hablaban de un modo tan afectado que fastidiaban, aunque se hacían admirar a veces, y Seged conoció que sus premios influían más que él mismo en los ánimos de sus cortesanos. Al llegar la tarde, se acaloró la contienda, y los vencidos empezaron a descubrir su despecho maligno, primero con miradas coléricas y luego con murmullos de menosprecio. Seged participó de las agitaciones del día, porque juzgándose obligado a distribuir con exacta justicia los premios, no distrajo un momento su atención del certamen, y pasó el tiempo en el potro de la duda, balanceando diferentes clases de mérito, y acallando las pretensiones de todos los competidores.

Persuadido al fin de que ninguna exactitud podía satisfacer a aquellos que veían burladas sus esperanzas, y creyendo que en un día destinado a la felicidad sería dureza afligir a alguno, declaró que todos le habían agradado igualmente, y distribuyó a cada uno un regalo de igual precio.

Presto conoció Seged que su prudencia no había surtido el efecto deseado. Los que se creían seguros de obtener los primeros premios no gustaron de verse nivelados con los otros, y aunque por la liberalidad del rey recibieron aún más de lo que debían esperar, partieron disgustados porque no se les había distinguido, y no pudieron triunfar de sus rivales ni humillarlos.

—He aquí —dijo Seged— la suerte del que cifra su dicha en la de otros.

Retiróse a meditar, y mientras los cortesanos murmuraban su generosidad, vio él, disgustado, acabar el quinto día. En el sexto renovó su resolución de ser feliz; mas conociendo cuan poco le valían proyectos premeditados y medidas preparatorias, creyó más prudente abandonar a la casualidad un día, y dejó a todos en libertad para divertirse como quisieran.

Esta disposición causó general complacencia, y el Emperador creyó que había descubierto al cabo, el secreto de obtener un intervalo de felicidad. Fue entonces, cuando vagaba entre los descuidados cortesanos que oyó a uno de ellos que murmuraba a solas, en un cenador, diciendo:

—¿Qué mérito es el de Seged para que todos le temamos y obedezcamos? Cualesquiera que hayan sido sus hazañas anteriores, su actual molicie nos prueba que tiene las mismas flaquezas que nosotros.

Esta murmuración le afectó más porque salía de uno de sus más abyectos aduladores. Al principio se indignó, y quiso castigarle, mas reflexionando que lo que se decía sin intención de que se oyese no pasaba de un pensamiento, y sólo era tal vez un impulso de mal humor casual y momentáneo, inventó un pretexto decente para despedirle, a fin de que el soplo de la envidia no atacara su ausencia. Y cuando se le hubo disipado todo deseo de venganza pasó la tarde no sólo con tranquilidad, sino con gusto, aunque nadie más que él sabía su victoria.

El recuerdo de esta clemencia serenó al principio del séptimo día, y nada turbó la satisfacción de Seged hasta que alzando los ojos al árbol cuya sombra le cubría, recordó que bajo uno de la misma especie había pasado la noche siguiente a su derrota en el reino de Goiama. Las reflexiones que hizo sobre su pérdida y deshonor en aquel suceso, y los males que de él habían resultado a sus pueblos le llenaron de amargura. Al cabo alejó aquellas tristes imágenes, y empezó a gozar sus placeres acostumbrados, cuando volvieron a perturbarle los celos producidos por el último certamen, y no pudiendo pacificar con la persuasión a los contendientes, tuvo que acallarlos con autoridad.

Al octavo día, despertó muy temprano a Seged una gran agitación que había en palacio, y preguntando el motivo, supo que estaba enferma la princesa Balkis. Levantóse, llamó a los médicos y recibió de ellos un pronóstico funestísimo. Terminaron así las diversiones, y todos los pensamientos de Seged se concentraron en su hija moribunda, cuyos ojos cerró al décimo día.

Tal fue el período que Seged de Etiopía destinó a reponerse de las fatigas de la guerra, y de los afanes del gobierno. Y ésta, su historia, la cual dejó a las generaciones futuras, para que ningún hombre presuma decir:

—Este día será venturoso.

Aningait y Ajut

(cuento groenlandés)

¡Amor! la tierra y hasta el polo frío
la inspiración de tu deidad resiente.

           Cienfuegos.

    En una de las grandes cavernas en que las familias de Groenlandia pasan el invierno, y que pueden llamarse sus poblaciones, se distinguían tanto por su belleza un mancebo y una joven, que los demás habitantes los llamaban Aningait y Ajut, por la semejanza que les suponían con sus antecesores llamados así, y que según sus tradiciones y fábulas se habían convertido en el sol y la luna.

    Aningait oyó por algún tiempo, con indiferencia, los elogios de Ajut, mas al cabo también se mostró sensible a sus gracias, y le indicó su pasión convidándola con sus padres a un banquete, en el que puso delante de Ajut la cola de una ballena. Ajut no se mostró muy pagada del obsequio, pero desde entonces se vestía de piel de ciervo blanco, renovaba la pintura negra con que se teñía las manos y la frente, adornaba su mangas con coral y conchas y se peinaba cuidadosamente.

    El enamorado Aningait ya no pudo contener más tiempo la declaración de su amor. Compuso, pues, un poema en elogio de Ajut, en que la llamaba «*hermosa, como el sauce en la primavera*»; «*fragante como el tomillo de las montañas*»; [y le decía] que sus dedos igualaban en blancura a los dientes del manatí, y su sonrisa era más grata que la disolución del hielo: protestaba perseguirla, aunque pasase las nieves de los montes, o se abrigase en las cavernas de los caníbales de Oriente; arrancarla a los brazos del genio de las rocas;

sacarla de las garras de Amarok y de la barranca de Hafgufa. Y concluía deseando *«que cuantos impidiesen su unión con Ajut, fuesen enterrados sin arco, y que en la tierra de las almas sólo sirviesen sus cráneos para recoger los desechos de las lámparas estrelladas».*

Esta oda fue celebrada, pero Ajut, con la altivez propia de las hermosas, aún dilató su correspondencia, y entretanto volvió el sol, rompióse el hielo y empezó la estación de la actividad y el trabajo.

Aningait y Ajut andaban en el mismo bote, y partían la pesca. Aningait no perdía ocasión de acreditar su valor a su querida; atacaba a los caballos marinos en el hielo, perseguía a las focas en el mar y saltaba sobre las ballenas cuando aún luchaban con la muerte. Con igual afán, acumulaba lo necesario para pasar cómodamente el invierno. Secaba las huevas de los peces y la carne de las focas, cogía ciervos y zorras y curtía sus pieles para vestir a su amada, a la que obsequiaba con huevos de pájaros que cogía en las rocas, y regaba de flores su tienda.

Una tempestad súbita arrojó la pesca a una parte lejana de la costa antes que completase Aningait sus provisiones; por lo que suplicó a Ajut que le concediese su mano y le acompañase al viaje que debía emprender. Pero ella lo rehusó. A cambio le propuso como prueba de su constancia que volviese al fin del verano a la caverna donde se conocieron, y esperase allí el premio de sus afanes.

—¡Oh virgen, hermosa como el sol cuando brilla en las aguas —le dijo Aningait— considera lo que me pides. ¡Cuán fácil es que me impidan la vuelta una helada súbita o una niebla inesperada! Entonces tendré que pasar la noche larguísima sin Ajut. No vivimos, hermana, en las fabulosas regiones que nos describen los mentirosos extranjeros, donde el año se divide en breves días y noches, donde la misma habitación sirve para el invierno y el verano, donde levantan en el suelo casas alineadas, viven en ellas años y años, con manadas de animales mansos, que pastan en los campos vecinos; donde pueden viajar en cualquier tiempo de un lugar a otro por caminos sembrados de árboles, y sobre muros levantados en las aguas interiores, y dirigir su ruta por vastas llanuras, a la vista de colinas verdes y edificios esparcidos. Nosotros, aun en el verano, no podemos salvar los montes, cuyas nieves son perpetuas, ni pasar a un punto lejano, sino costeando en botes nuestras bahías. Considera pues, Ajut, que la vida humana sólo consta de unos cuantos días de verano y otras tantas noches de invierno. La noche es el tiempo del descanso y de la alegría, ¿pero de qué me servirá el brillo de la lámpara, la carne deliciosa y el grato aceite sin las sonrisas de Ajut?

    Toda esta elocuencia fue inútil; la doncella persistió inexorable, y se separaron con ardientes promesas de reunirse antes de la noche invernal. Aningait le regaló siete pieles de cervatillos blancos, once de becerros marinos, tres lámparas de mármol y una caldera de cobre que había comprado al capitán de un buque por media ballena y dos cuernos de unicornios de mar. Siguióle Ajut a la playa, y al entrar en el bote le deseó en alta voz que volviese con muchas pieles y aceites; que ni las sirenas le llevasen al fondo, ni los espíritus de las rocas le detuviesen en sus cavernas. Se estuvo un rato así, mirando el fugitivo bajel, y volviendo luego a su choza abandonó su piel de ciervo blanco, se dejó suelto el cabello, y, triste y abatida, rehusó mezclarse en las danzas de las jóvenes. Procuró distraerse, con incesantes ocupaciones; recogía musgo para las lámparas de invierno y secaba yerbas para adornar las botas de Aningait. De las pieles que éste le había dado hizo un traje de pescar, un botecillo y una tienda, y aliviaba estos trabajos con canciones en que deseaba a su amante manos más fuertes que las garras del oso, y pies más veloces que los del reno; que su dardo jamás errase el tiro, y nunca se abriera su bote; que jamás tropezase con el hielo, ni se desmayase en el agua; que las focas se precipitasen a su harpón, y la ballena herida por él azotase las aguas en vano.

Las mujeres manejan los grandes botes en que los groenlandeses transportan sus familias, porque los hombres tienen a menos una ocupación que no requiere habilidad ni valor. Así, Aningait ocioso, sentía doblemente los impulsos de su pasión. Tres veces estuvo parado en la popa queriendo echarse al agua y volver nadando a su querida; pero recordando la miseria que les aguardaba en el invierno —sin aceite para las lámparas ni pieles para cubrirse—, resolvió emplear las semanas de la ausencia en asegurarse una noche de abundancia y felicidad. Serenóse, pues, algún tanto y expresó en sus canciones sus esperanzas, penas y temores.

—¡Oh vida frágil e incierta! —decía—. ¿Dónde hallará tu semejanza el hombre sino en el hielo que flota sobre el océano? Se levanta, resplandece a distancia, al paso que las tempestades lo arrebatan, las aguas lo azotan, el sol le derrite y lo deshacen las peñas con que choca. ¿Qué eres tú, placer engañoso, sino un meteoro súbito que sale del Norte, deslumbra los ojos un instante, burla al viajero con esperanzas de luz y luego se desvanece para siempre? Y tú, amor, eres un pérfido a que nos acercamos sin conocer el peligro, hasta que perdemos todo medio de resistencia y salvación. Hasta que fijé mis ojos en las gracias de Ajut, antes de llamarla al banquete, vivía sin cuidados, como el manatí dormido, alegre, como los cantores que habitan las estrellas. ¿Por qué, Ajut, miré tus gracias? ¿Por qué, hermosa mía, te convidé al banquete? Sé fiel, mi amor, recuerda a tu Aningait y halaga mi vuelta con la sonrisa de la virginidad. Yo cazaré los ciervos; domaré la ballena, seré irresistible como la helada nocturna, infatigable como el sol de verano. Dentro de pocas semanas volveré rico y feliz; obsequiaré a tus parientes; las pieles de la zorra y la liebre suavizarán tu lecho, el cuero de la foca te abrigará del frío, y la grosura de la ballena iluminará nuestra deliciosa morada.

En esto, doblaron el cabo y vieron saltar las ballenas. Aningait saltó en su bote pescador, manejó su remo y harpón con increíble destreza y ánimo, y dividiendo su tiempo entre la caza y la pesca, suspendía las penas de la ausencia y de la inquietud.

Ajut, sin embargo del desaliño de su traje, había llamado la atención de Norgsuk, que volvía de cazar. Norgsuk era joven riquísimo. Tenía noventa barriles de aceite en su habitación de invierno, y veinticinco focas enterradas en la nieve para la estación nocturna. Apenas vio la belleza de Ajut, la arrojó la piel de un ciervo que acababa de cazar y poco después la envió un ramo de corales. Pero Ajut rehusó sus dones, y permaneció fiel a Aningait.

Norgsuk recurrió entonces a un ardid. Sabía que Ajut debía consultar a un *angekok* o adivino sobre la suerte de su amante y la dicha de su vida futura. Vio, pues, al *angekok* más afamado y mediante un regalo obtuvo su promesa de que si lo consultaba Ajut le respondería que su amante moraba ya, en el país de las almas. Vino Ajut en efecto donde el *angekok*, y le trajo un vestido hecho por su mano, prometiéndole mayor paga a la vuelta de Aningait, si la predicción era conforme a sus deseos. El *angekok* sabía vivir y anunció que Aningait, habiendo ya cogido un par de ballenas, volvería presto con un gran bote cargado de víveres.

Confiado Norgsuk en su artificio, renovó su galanteo con más confianza, mas viendo la constancia de Ajut se dirigió a los padres de ésta con dones y promesas. La riqueza de Groenlandia es muy poderosa para tentar la virtud de un groenlandés, y aquellos olvidaron el mérito y los regalos de Aningait y prometieron a Norgsuk la mano de Ajut. Ésta suplicó, lloró, se desmayó, pero viendo que todo era inútil se huyó a los montes y vivió algunos días en una cueva, con lo poco que podía conseguir, cuidando de ver al mar todos los días, en espera de su amante.

Divisó al fin, la lancha en que había salido Aningait, que venía muy cargada y cerca de la playa. Precipitóse a abrazarle y referirle su constancia y padecimiento. Pero no le encontró entre los otros, quienes le dijeron que Aningait, acabada la pesca, y deseoso de llegar antes que la pesada lancha, se había adelantado en su bote pescador, y que ellos le creían ya en su casa.

Desesperada con esta noticia, Ajut quería volverse a los montes, pero sus padres la cogieron, y llevándola por fuerza a su choza querían consolarla. Mas apenas se acostaron a dormir, voló Ajut a la playa, en la que encontró un bote pescador. Entró en él sin vacilar y diciendo a los que admiraban su temeridad que iba en busca de Aningait, se alejó remando velozmente. Y nunca más, volvieron a verla.

La suerte de estos dos amantes dio margen a mil ficciones y conjeturas. Unos dicen, que se convirtieron en estrellas; otros, que el genio de las rocas se apoderó de Aningait y que Ajut, convertida en sirena, aún busca a su amante en los desiertos del mar. Pero la opinión general es que ambos están en la región del país de las almas, donde nunca se pone el sol, el aceite está fresco siempre, y los víveres nunca se hielan. Las vírgenes suelen echar un dedal y una aguja en la bahía de que partió la mísera doncella; y para elogiar el afecto virtuoso de dos consortes, dicen los groenlandeses que se aman, como Aningait y Ajut.

El niño malcriado

Iram
colligit ac ponit temere, et mutatur in horas.

Horacio

—No he de ir sin el chico —decía doña Plácida a su esposo, don Simplicio, cuando íbamos a tomar el coche para ir a comer a Tacubaya.

—Como quieras, mi vida —respondió don Simplicio, lleno de gusto, pues no deseaba menos que su cara mitad llevar a Perico al paseo—. Mas temo que el niño incomode a usted —continuó, dirigiéndose a mí.

—Nada de eso —le respondí por pura política, pues bien preví las calamidades y miserias que aquella compañía nos preparaba.

Resuelta ya la marcha de Perico, esta preciosa criatura mudó tres o cuatro veces de parecer en cuanto al vestido que debía llevar: primero se puso un pequeño uniforme, que le hacía parecer muy semejante al mono del circo; enseguida se probó un fraque, y después de una larga discusión, convino en ponerse una chaqueta azul, habiéndosele olvidado por fortuna la peregrina ocurrencia de llevar en el coche un enorme borrego, que le servía de caballo, aunque no pudimos escaparnos de su fusil de hoja de lata, que se terció a la espalda con bayoneta armada. En estos preparativos, interesantísimos para mí, gastamos casi una hora, y ya estábamos en la garita, cuando recordó el amable niño que había dejado en casa a su perro, y se obstinó tanto en gritar y llorar con este motivo, que fue indispensable volver atrás y colocar al animal en el coche.

Nuestra vuelta produjo otros varios incidentes. El perro, azorado, mordió a Perico al subirlo al coche, y fue preciso curar aquella grave herida, que causó la mayor consternación a los tiernos padres; enseguida costó largo afán enjugar las lágrimas y acallar los gritos del paciente. Hasta yo tuve que besarle la mano para apresurar la cura, y el lacayo protestó matar al desalmado can para satisfacer la cólera del señorito. En seguida pidió éste azúcar y agua, frutas y mamones, de que se hizo provisión en el coche, como para atravesar el inmenso Atlántico. Luego, se reconcilió con el perro y por su orden, se le dio de almorzar antes de la salida, en tanto que los padres, contemplando aquel dulce espectáculo, levantaban al cielo el magnánimo corazón de Perico. Allanados tantos obstáculos, íbamos a tomar el coche, cuando se le antojó oír tocar la flauta a su padre, y éste no pudo negarle una pretensión que, aunque imperiosa, probaba su buen gusto y afecto a las bellas artes. Al fin, nos pusimos en camino, mas a poco andar, inventó Perico subir en una de las mulas para gozar mejor la vista del campo, y fue preciso complacerle aunque al montarle dio mil gritos la afectuosa madre, temiendo se diese un golpe, en términos que casi me dejó sordo. Acomodóse nuestro jinete, sostenido del cochero que lo agarraba con una mano, y seguimos el camino paso entre paso, de manera que hubiéramos llegado en dos días, si por fortuna no se hubiese cansado de su cabalgadura, y vuéltose al coche. Arrodillóse junto al vidrio; bajó los cristales y descolgando su fusil dio tan fiera carga a la bayoneta en las ancas de las pobres mulas, que éstas emprendieron precipitada fuga, arrastrando en ella el coche, en cuyo interior tuvimos segunda edición de aspavientos, gritos y lágrimas. Detuviéronse al fin las aterradas bestias, se subieron los vidrios, y el autor de tantos desórdenes se resignó a jugar con su perro y fusil durante el resto del viaje, aunque agitado por tal inquietud que el cañón de su arma se puso más de una vez en contacto con nuestras narices, y la bayoneta anduvo muy cerca de un ojo de mamá, sin que ésta y el afectuoso papá hiciesen mas que celebrar con dulce sonrisa la viveza y gracia de su cara prenda.

Llegamos al término suspirado de nuestra expedición, y el ejercicio despertó enérgicamente el apetito de Perico. Sucesivamente embauló en su panza leche, dulces, frutas, nieve y sangría, ingredientes que acumulados en aquel laboratorio, no tardaron en producir efectos muy desagradables, y visibles en el túnico de doña Plácida, y los pantalones de su esposo.

Pusímonos a la mesa, y el niño se empeñó en comer sentado en mis piernas, aunque el fracaso reciente le había perfumado con cierto olor aún más ingrato que el almizcle. Ocurrióle, además, que le apretaba la cinta que le servía de venda a la mano mordida, y se la arrancó, manchándome de sangre el chaleco. Siguióse otra sinfonía de gritos y llanto y fue preciso vendarle y besarle una vez más la mano. Se le antojaban todos los platos, y los fue sopeteando sucesivamente. Pidió vino, y porque le dieron Burdeos, queriendo Xerez, volcó la copa en los manteles, dejándolos primorosos. Luego obsequió al perro, subiéndolo a la mesa, y soltó grandes carcajadas al ver que su amigo, queriendo huir de un puesto ajeno a su clase, tiró una dulcera de china, y rompió dos vasos.

Después del café, salimos a dar un paseo por la huerta, y a poco andar, tuvo Perico el original proyecto de que, puestos en cuatro pies, le sirviéramos de caballos, a falta del borrego. Su padre logró con dificultad eximirme de tan penoso servicio, que él, por su parte, aceptó con resignación, hasta una nueva orden del caprichoso niño. Éste se apoderó de mi bastón, lo echó en un lodazal, y se puso a jugar a la pelota con una naranja que había tomado de la mesa: uno de sus botes se amortiguó en mi espalda, y su ácida sustancia ha dejado en mi casaca nueva, huellas indelebles. Completaban mi diversión los incesantes ladridos del perro, a quien Perico no cesaba de provocar al retozo.

Llegó por fin la noche, y volvimos cargados de flores y otras cosas que se antojaron a Perico, quien nos dejó respirar acostándose a dormir tendido en mis piernas y en las de mamá. Ya no tuve otra molestia que la de venir ahogándome de calor, porque no podían bajarse los vidrios y exponer al niño a resfriarse con el aire. La conversación (en murmullos para que no despertase) se redujo a celebrar la hermosura y gracia de Perico, y el grande amor que le tenían sus padres. El fatigado navegante, después de un viaje largo y tempestuoso, siente menos consuelo al pisar el suspirado puerto, que yo al despedirme de aquella extravagante familia.

El afecto paternal es sin duda una virtud, pero no consiste en la ridícula y absurda condescendencia y sumisión a los caprichos de un ser en cuya mente apenas vislumbran los primeros albores de la razón. Al contrario, esta conducta hace un daño irreparable a los niños, pues los confirma en hábitos viciosos, haciéndolos incapaces de sociedad, cuando lleguen a ser hombres, y les prepara una larga serie de padecimientos y desengaños, en un mundo de vicisitudes, y sujeto a la imperiosa ley de la necesidad.

El mimar y consentir a los niños produce además, entre otros inconvenientes, el de hacerlos fastidiosos e insufribles, que no es de poca monta. Un padre, una madre, los ven con ojos apasionados, pero las [demás] personas, extrañas [a él] sólo son sensibles a la molestia de tener que sufrir las majaderías e impertinencias de un niño mal criado, sus intempestivos accesos de cólera, sus continuos antojos, su desordenado apetito, sus gritos, travesuras, y *otras gracias* de este jaez. Contra una legión de papás y mamás, enamorados de sus pigmeos sucesores, o envanecidos con la temprana belleza de sus hijas, sostendré que los niños deben aprender desde la cuna hábitos de modestia y templanza, y si se arrogan la tiranía de quererlo todo, no sólo no se les ha de complacer, sino es necesario reprenderlos y corregirlos con firmeza.

Protágoras

Un joven llamado Evatles, que trataba de ejercer la abogacía, había hecho con el sofista Protágoras el trato de que le enseñase todos los recursos y secretos de su arte por cierta suma de dinero, con la expresa condición de que sólo pagaría la mitad, desde luego, y no podría exigirle el resto hasta que hubiese ganado el primer pleito que defendiese. El joven abogado, bien instruido ya, no se apresuraba a poner a prueba sus talentos, y aunque le instaba su maestro, que tenía el doble interés de ver brillar a su discípulo y cobrar su dinero, difería siempre entrar en campaña, hasta que al fin el sofista impacientado lo demandó en virtud de su promesa, y creyéndose seguro del triunfo compareció ante los jueces con aire de satisfacción, y les dijo, con el tono de un maestro que va a confundir a su discípulo:

—Sea cual fuere el éxito de este juicio, mi deudor tendrá siempre que pagarme, pues, o pierde o gana. En el primer caso, deberá pagarme en virtud del fallo; en el segundo, habrá ganado su primer pleito, y en virtud de nuestro contrato deberá también exhibir al punto el dinero.

El auditorio prorrumpió en aclamaciones, pero el joven, levantándose con la mayor serenidad, y dirigiéndose a Protágoras le dijo:

—Acepto la alternativa que proponéis, y es la verdadera base de mi defensa en este negocio. Es indispensable que la sentencia me sea favorable o contraria: si lo primero, nada podéis cobrarme, pues el tribunal me absuelve de vuestra demanda; si al contrario, me condena al pago, habré perdido mi primer negocio, y es claro que nada os debo.

El sofista se quedó atónito, y los jueces, [por su parte] creyeron el asunto tan arduo y equívoco, que se negaron a decidirlo.

El caballero gordo

Difficile est proprié comuna dicere.

Horacio

En uno de mis viajes por Inglaterra me atacó una ligera indisposición, de que empezaba a restablecerme, pero aún tenía un resto de calentura, y tuve que encerrarme en una posada, en un día lluvioso del triste mes de noviembre. ¡Un domingo lluvioso en una posada de aldea! Sólo quien lo haya sufrido podrá compadecer mi situación. La lluvia azotaba mi ventana, y la campana con lúgubre sonido llamaba a los fieles a la iglesia. Me asomé a la vidriera, procurando descubrir algo en que descansar la vista: parecía que me hallaba colocado más allá de la esfera de todo acontecimiento. Las ventanas de mi alcoba caían a techos y chimeneas, y desde las de la pieza inmediata veía sólo el patio de la posada, que en tal tiempo es un espectáculo muy adecuado para fastidiar al hombre más apático. El que yo veía estaba cubierto de paja esparcida por los caminantes y mozos de mulas; en uno de sus rincones yacía un gran charco, y en su centro una isla de lodo. Varias gallinas medio ahogadas se habían recogido bajo una carreta; el gallo, empapado y con la cresta caída, parecía privado de su ardor y espíritu, y el agua que escurría de su lomo, goteaba de su cola abatida, que parecía una sola pluma. Junto a la carreta yacía una vaca medio dormida, que rumiaba, y con la mayor paciencia dejaba que la lluvia inundase su cuerpo, del que salían nubes de vapor. Un caballo viejo, aburrido de la caballeriza, sacaba por una ventana su cabeza descarnada, y recibía en ella el chorro de una canal. Un desdichado perro encadenado en el sótano, lanzaba a intervalos una voz media entre ladrido y aullido: una fregandera vieja y asquerosa atravesaba el patio, y su figura me pareció tan triste y siniestra como el tiempo. En una palabra, todo aparecía sumergido en la tristeza y el tedio, a excepción de unos gansos, que reunidos junto al charco, se divertían con graznidos espantosos.

Yo estaba solo, y me aburría. Presto me fue insoportable mi cuarto; lo abandoné y bajé a la sala común, esperando hallar en ella algunos pasajeros. Hallé dos o tres, pero me fue imposible sacar de ellos el menor partido. Uno acababa de almorzar, y se quejaba del pan y de la mantequilla, riñendo al mozo; otro injuriaba a *Boots*[4] por haberle limpiado mal los zapatos, y el último tocaba el tambor sobre la mesa con los dedos, mirando caer la lluvia por la vidriera. Todos parecían atacados por el contagio de la atmósfera: sucesivamente desaparecieron, y volví a quedar solo.

Púseme a la ventana, y me entretuve en mirar a los que se dirigían a la iglesia bajo de paraguas mojados. Callaron luego las campanas, y la calle volvió a quedar en profunda soledad y silencio. Entonces me puse a mirar a las hijas de un tendero que vivía frente a la posada. Se habían quedado en casa por no echar a perder su ropa buena, y asomadas a la ventana, querían sin dudas probar el poder de sus gracias en los vecinos. Una madre vigilante y avinagrada vino a recogerlas, y me privó de la última posibilidad de distracción exterior.

¿Qué debía yo hacer, pues, para matar el tiempo en aquel eterno día? Me agobiaba la tristeza, y mis nervios se irritaban cruelmente. Además, todo lo que pertenecía a la posada parecía calculado para agravar mi fastidio.

---

[4]Criado, cuyo oficio es limpiar las botas y los zapatos de los pasajeros en las posadas inglesas. Entiende por "boots", que significa botas. (Nota de Heredia).

Unas cuantas gacetas viejas, apestando a cerveza y a tabaco, que ya había yo leído una docena de veces por lo menos, y unos libros malos, aún más tediosos que el tiempo. Leí y releí un número antiguo del *Almacén de damas* hasta que me causó náusea; recorrí los nombres conocidísimos de viajeros ambiciosos de gloria, que los habían esculpido en los vidrios. Allí encontré miembros de las eternas familias de los Smith, Brown, Jackson, Johnson, y de todos los *sones* del mundo; y descifré algunos malos versos que ya había leído en todas las ventanas de todas las posadas del globo.

El día continuó sombrío y triste: las nubes perezosas y húmedas parecían clavadas en el aire; no había variedad, ni aún en la lluvia, que caía de un modo triste y monótono, y sólo de cuando en cuando, el rumor que hacía cayendo sobre un paraguas en la calle, me ofrecía la idea de una variación.

Tuve un momento de alivio cuando la corneta anunció la llegada de una diligencia, que bajaba por la calle con rapidez y paró a la puerta de la posada. Su techo estaba cubierto de viajeros que se ocultaban bajo sus paraguas de algodón, lo que no impedía que viniesen empapados los huesos.

El ruido hizo salir de sus guaridas a una tropa de muchachos y perros vagabundos. El mozo de la caballeriza, el extraño animal que llaman *Boots,* y toda la raza de ociosos que infestan las inmediaciones de una posada, acudieron a la puerta, pero la confusión sólo duró un momento: la diligencia siguió su ruta, y criados, muchachos, perros y *Mr. Boots* volvieron a sus agujeros; la calle quedó tan silenciosa como antes, y la lluvia siguió cayendo. A la verdad, no había apariencias de que cesase: el barómetro marcaba mal tiempo, y el gato de la huéspeda estaba junto a la chimenea lavándose la cara, y rascándose la cabeza con las patas. Consulté el almanaque, buscando alguna esperanza, y hallé esta tremenda predicción: *Espérese mucha lluvia en esta semana.*

Sentíame amargado por el *spleen*[5]; me parecía que los minutos se arrastraban, y me fatigaba aun el tic tac de la péndula. Al fin, el profundo silencio que reinaba en la casa se interrumpió con el ruido de una campanilla, y poco después oí la voz de un criado que decía a la huéspeda:

—El caballero gordo del número 13 pide su desayuno: te, pan y mantequilla con jamón y huevos. Recomienda sobre todo, que los huevos no estén duros.

En mi situación, los menores incidentes eran importantes. Presentóseme un objeto de reflexión, que prometía entretener mi fantasía ociosa. Naturalmente me inclino a pintarme los objetos que me describen, y esta vez no me faltaban materiales para la obra. Si sólo hubiesen hablado del extranjero con el nombre de Mr. Smith, Mr. Brown, Mr. Jackson o Mr. Johnson, aun si sólo hubiesen dicho *el caballero del número 13*, nada habría tenido de particular, pero ¡*el caballero gordo!*... La sola expresión tenía algo de pintoresco. Me presentaba la forma de la persona; le daba un cuerpo, y mi imaginación hizo lo demás.

Pues era gordo, debía ser anciano, porque muchas personas engordan al envejecer; pues se desayunaba tarde, y en su cuarto, era sin duda un hombre acostumbrado a una vida cómoda, y sus ocupaciones no

---

[5]Palabra inglesa que significa tedio, melancolía o aburrimiento profundo, y a menudo asociado con un trastorno del espíritu. Concepto puesto de moda por la literatura romántica. Resulta interesante que Heredia no considerara necesario ofrecer explicación alguna al lector respecto al significado del término, como sí hace con otras palabras. Ello signifique acaso que el autor daba por familiarizados a sus lectores con el vocablo.

le obligaban a madrugar. Me lo figuré, pues, como un caballero grueso, viejo y rosado.

Oí llamar de nuevo, con fuerza. *El caballero gordo* se impacientaba: era pues, un hombre de importancia, acostumbrado a que le sirvieran con prontitud, tenía, además, excelente apetito, y se ponía de mal humor cuando se hallaba algo hambriento. Acaso, pensé, es un alderman de Londres. ¿Quién sabe si algún miembro del parlamento?

Le subieron el desayuno, y siguió un corto silencio. Juzgué que estaría tomándolo, mas pronto sonó otra vez la campanilla con más fuerza que antes, y volvió a sonar sin dejar el tiempo suficiente para que acudiesen.

—¡Justo cielo! —exclamé—. ¡Qué vivo es este señor!

El mozo bajó sofocado. La mantequilla estaba rancia, los huevos duros, y el jamón muy salado. El caballero gordo era, evidentemente, melindroso en su comida, y pertenecía a la especie de los que gruñen al comer, tienen siempre al mozo alerta, y están en perpetua hostilidad con toda la casa.

La huéspeda iba ya enfadándose. Debo observar que era una muchacha viva, coqueta y bien parecida, con un marido muy necio, como sucede por lo general a las mujeres quimeristas. Riñó ásperamente a los criados por haber subido un desayuno tan malo, pero no dijo palabra contra el caballero gordo, de lo que concluí con razón que éste se creía con derecho de hacer ruido y molestar en la posada. Subiéronle otros huevos, otro jamón y otra mantequilla. Recibió con más agrado estas nuevas provisiones, y se restableció la paz.

Pocos paseos había dado yo en la sala común, cuando llamaron de nuevo, y a poco, vi que andaban buscando alguna cosa. El *caballero gordo* pedía el *Times* o el *Morning Chronicler*. Lo marqué pues, por un

Whig[6], o más bien sospeché que fuese un radical[7], según su tono despótico.

Mi curiosidad iba en aumento; pregunté al criado quién era aquel caballero que alborotaba toda la casa. Nada pude saber, porque todos ignoraban su nombre. En las posadas concurridas, el huésped por lo general no se molesta en sabe cómo se llaman los transeúntes. El color de su vestido, su estatura o su cara, bastan para procurarles un nombre provisional, como *el caballero alto, el caballero chaparro, el caballero de casaca negra o azul...* Esta vez, como hemos visto, fue *el caballero gordo.* Una vez que han imaginado un medio para designarle así, no se apuran por saber su nombre.

¡Lluvia, lluvia, y más lluvia! No había modo de salir, ni de ocuparme o divertirme con alguna cosa en la posada. Al cabo de [un] rato oí que caminaban sobre mi cabeza en el cuarto del caballero gordo. Conocí que era corpulento por la pesadez de sus pasos, y viejo, porque sus zapatos eran de suela doble, y hacían mucho ruido. Calculé que era un anciano de vida muy metódica, que acostumbraba hacer algún ejercicio después de almorzar.

Acerquéme a la chimenea, y leí los nombres de todas las posadas y el derrotero de todas las diligencias del distrito. El *Almacén de las damas* ya me inspiraba horror, y me fastidiaba tanto como el tiempo. Subí mecánicamente a mi cuarto. A poco, oí salir un grito de la pieza inmediata, y que se abrió una puerta y volvió a cerrarse con violencia. Una criada, que me había parecido frescachona y alegre, bajó sofocada la escalera: ¡el *caballero gordo* la había insultado!

---

[6]El partido [de los] Whig en Inglaterra es el de oposición al ministerio. (Nota de Heredia).
[7]Llaman radicales a los que opinan por la reforma del Parlamento británico. (Nota de Heredia).

Esta ocurrencia desvaneció todas mis conjeturas. Aquel desconocido no podía ser viejo, porque en tal caso no hubiera tratado de cortejar a la muchacha contra su voluntad. Tampoco podía ser joven, porque no la habría causado una indignación tan viva. Era, pues, un hombre de media edad, y lo que es más, horriblemente feo, sin lo cual no se hubiera enojado tanto la chica. Confieso que me hallaba en el mayor embarazo.

Al instante, oí la voz de la huéspeda, y la entreví al subir la escalera. Su cofia echada hacia atrás dejaba ver su rostro inflamado, y su lengua giraba como un remolino.

—No —decía—. No quiero tales infamias en mi casa. ¡Estos señores gastan mucho dinero, mas no adquieren por eso un derecho para ser insolentes!

Como aborrezco las disputas con mujeres, y sobre todo con mujeres bonitas, me acogí a mi cuarto y junté la puerta, pero mi curiosidad estaba muy excitada para que no escuchase. La huéspeda tomó por asalto la ciudadela del enemigo, y por un rato oí su voz muy alborotada; luego fue bajando el tono, después oí que se reía, y ya después nada oí.

Al cuarto de hora, salió la huéspeda del aposento del *caballero gordo*, sonriéndose con malicia, y enderezándose la cofia, que tenía un poco ladeada. Su marido le preguntó ¿qué había?, y ella respondió que nada, que la criada era una tonta. Este incidente acabó de confundirme, y no sabía qué pensar de un personaje tan extraordinario, que irritaba a una criada muy humilde, y amansaba a una huéspeda tan áspera. No era, pues, ni tan viejo ni tan regañón, ni tan feo.

Tuve que empezar de nuevo a trabajar en su retrato, pintándomelo de muy distinto modo. La mañana se me pasó en formar conjeturas, mas apenas llegaba a combinar un sistema, algún movimiento del desconocido lo aniquilaba en un instante. Tales son las especulaciones solitarias de una mente calenturienta, y mis meditaciones continuas sobre aquel personaje invisible me causaron una fuerte irritación nerviosa.

Llegó la hora de comer, y yo esperaba que el *caballero gordo* comería a la mesa redonda y lograría conocerlo, pero no. Le sirvieron en su cuarto. ¿Para que esta soledad y misterio? Ya no podía ser un radical, porque había mucho espíritu aristocrático en aislarse de aquella manera, durante un largo día lluvioso, y además, se trataba muy bien para tratarse de un político descontento. Parecía complacerse en comer de muchos platos, y se deleitaba con su botella como un verdadero epicúreo. No tardé en salir de mis dudas sobre su opinión política, porque apenas acabó su primera botella, empezó a cantar en voz baja: apliqué el oído y conocí que la canción era *God save the King*. (Dios guarde al Rey). Era evidente, pues, que mi héroe no era radical, sino al contrario, un súbdito fiel, o que al menos se volvía tal cuando le inspiraba el vino, y estaba pronto a sostener al rey y a la constitución, cuando ya no podía tenerse en pie. Mas, por fin, ¿quién era? —volví a mis conjeturas—. ¿No sería algún personaje distinguido, que viajaba de incógnito? ¿Quién sabe —dije dudando— si es algún príncipe de la familia real? O me engaño, o todos ellos son bien gordos.

El tiempo no abría. El misterioso desconocido permaneció en su cuarto, y como no le oí pasearse, inferí que gozaba de su poltrona. Pardeaba ya la tarde, y empezaba a llenarse la sala común. Unos pedían su comida, y otros su té, pero yo no les hacía caso, pues mi ánimo estaba enteramente preocupado con *el caballero gordo*. Después de haber pasado el día entero pensando en él, ya no me era posible dirigir mis ideas a otros objetos.

Entró la noche. Los pasajeros leyeron dos o tres veces los periódicos. Unos formaban círculo en torno de la chimenea, hablaban de sus caballos, de sus queridas, y discutían el crédito de los negociantes y la bondad de las posadas. Entre tanto se echaban a pechos sendos vasos de aguardiente o agua de azúcar. A seguidas llamaron sucesivamente a *Mr. Boots* y a la criada, y fueron retirándose a sus cuartos, calzados con zapatos viejos, que nuestro ingenioso huésped había convertido en chinelas incomodísimas.

Sólo uno quedaba: era hombre sanguíneo, que tenía el busto muy corto, las piernas de enano, y una cabeza enorme. Estaba sentado junto a una mesa, en que tenía un gran vaso de ponche, y una cuchara. Poco a poco, fue quedándose dormido, con el vaso delante: la luz pareció imitarle, porque su mecha fue alargándose, y formando en su extremidad una gran pavesa, que oscureció la escasa luz que aún quedaba en el cuarto. Aumentóse mi tristeza con la que reinaba en torno de nosotros. Veía colgados en fila, en la pared, como otros tantos espectros, los *carricks* de los pasajeros, sepultados ya en un sueño profundo, y sólo escuchaba el tic-tac de la péndula, la respiración profunda y sonora del bebedor aletargado, y las gotas de lluvia que destilaban las canales. El reloj de la iglesia dio las doce. De repente el caballero gordo echó a andar mesuradamente en su cuarto, que, como he dicho, estaba sobre la sala común. Todos aquellos rumores diferentes, causaban una sensación tristísima. Empero, los pasos fueron haciéndose más lentos, y presto cesé de oírlos. No pude sufrir más aquella incertidumbre; estaba desesperado como un héroe de novela.

—¡Sea quien fuere —exclamé— quiero verle!

Tomé una luz, y subí con precipitación al número 13. La puerta estaba entornada, vacilé y... entré al fin.

El cuarto estaba solo, y en él hallé una gran poltrona ante una mesa en que había un vaso vacío, y un número del *Times*. El ambiente olía mucho a queso de Flandes.

Era claro que el hombre misterioso estaba ya recogido. Me retiré pues, chasqueado, a otro cuarto con vista a la calle, en que me habían puesto. Al atravesar el corredor, vi un par de botas grandes y sucias en la puerta de la alcoba. No dudé que perteneciesen al desconocido, mas no osé incomodar a un hombre como él, ya acostado, pues podría dispararme un tiro, o hacerme algún daño peor. Acostéme pues, pero la irritación de mis nervios no me dejó dormir hasta la madrugada, y cuando lo conseguí, me persiguieron en sueños el *caballero gordo* y sus botas.

Quedéme dormido hasta las nueve de la mañana siguiente, que me despertó un ruido y tumulto en la posada, cuya causa no comprendí al principio, hasta que, habiéndome frotado los ojos, descubrí que una diligencia estaba a la puerta. De repente oí gritar desde abajo:

—El caballero ha dejado su paraguas. Traigan el paraguas del caballero del número 13.

Una criada subió corriendo la escalera, atravesó el corredor, y gritó:

—Aquí está. Aquí está el paraguas del caballero.

El misterioso extranjero iba, pues, a marchar, y ¡jamás se me presentaría otra ocasión de conocerle! Salté de la cama, corrí a la ventana, aparté la cortina precipitadamente y vi... la espalda de un hombre que entraba en el coche. Los faldones de su casaca se dividían formando ángulo, y me dejaron de frente la vasta trasera de unos pantalones musgos. Cerróse la portezuela, chasqueó el látigo, partió la diligencia, y [se] llevó consigo todas mis esperanzas de conocer jamás al *caballero gordo*.

El hombre misterioso

o

«El hombre del saco de hule»

Por el mes de julio de 182 [y tantos] me hallaba en una población interior de Inglaterra, y teniendo que ir a Dover, tomé un asiento en el techo de la diligencia[8]. Coloquéme en él a la hora prefijada, y tomando un polvo, ofrecí la caja a otro pasajero que estaba sentado en frente, para principiar la conversación con aquel acto de cortesía.

—Gracias, caballero —me respondió— pero no gusto de eso. ¡Gracias al cielo no tengo vicios tan ruines, y hallo mejores arbitrios para quitar su plomo a las alas del tiempo!

El que hablaba era un hombre de estrafalario aspecto, de fisonomía muy animada, y ojos vivísimos. Su traje era singular pues consistía de chaqueta y pantalones de hule, sombrero con funda de lo mismo; guantes también del mismo material, y zapatos de suela doble, sin teñir. Mis otros compañeros de viaje eran un oficial retirado y un clérigo metodista[9], a quien luego dimos en llamar «el caballero de negro», por causa del color de su traje.

—¡Quitar su plomo a las alas del tiempo! —exclamó el oficial—. Eso equivale a quitar a su ampolleta la mitad de la arena.

---

[8]Las diligencias en Europa tienen asientos interiores y exteriores. Los últimos cuestan menos, porque en ellos van los pasajeros expuestos a la intemperie. (Nota de Heredia).
[9]Una nota de Heredia colocada aquí y totalmente innecesaria para el lector actual, indica que se trata de una secta protestante.

—Eso no, más bien quisiera yo aumentársela, con tal que fuese polvo de oro, para que brillase al caer — dijo el del *hule*.

La superioridad que tenían sus modales y su tono sobre su extraño traje, me indujeron a formar mejor concepto de su persona. Seguimos la conversación, hasta que paró la diligencia para que se apeara uno de los otros pasajeros, y en aquel brevísimo intervalo se acercaron dos mendigos, cuyo aspecto podía haber infundido caridad al corazón más duro. Eran estos un anciano venerable: totalmente ciego y cubierto de andrajos, con una barba tan cana como su cabeza, y una joven de quince a diez y seis años, con un rostro tan melancólico e interesante —y unos ojos azules tan dulces y modestos—, que involuntariamente le tiré un real. El militar hizo lo mismo, pero el caballero de negro se abrochó la casaca hasta el cuello, y dijo con acritud:

—¡Niña! ¡Niña! Debieras saber que Dios nos prohíbe comer el pan de la ociosidad. ¡Eh!, marcha a trabajar. Yo no fomento holgazanes.

Jamás vi represión hecha con más dureza, o recibida con mayor mansedumbre. La pobre criatura bajó los ojos y se puso en el hombro la mano trémula de su padre, como para manifestar al clérigo que con semejante carga no estaba ociosa. Tal fue su intención, porque la vi sollozar al mismo tiempo y los ojos se le llenaron de lágrimas. ¡Dios sabe que me enterneció! Creo sucedió lo mismo al que vestía de hule, porque exclamó entre dientes:

—¡Pobre criatura! ¡Pobre viejo! Vaya, es fuerza darles algo. ¿Oyes, cochero? Préstame un par de chelines, mientras cambio, ¿eh?

—¿Quién quiere dos chelines[10]? —preguntó el aludido, que estaba poniéndose los guantes y arreglando las riendas para subir al pescante.

—¡Oh! —exclamó el sota, volviendo la cabeza— es el hombre del...

—Entonces, corriente... —interrumpió el cochero— ¡Dáselos!

—¿El hombre *del qué*? —pregunté yo.

—¡Gracias, gracias! —dijo el que vestía de hule; y echando luego una mirada furtiva al clérigo, llamó a la joven. Y poniéndole con suavidad el dinero en la mano, le dijo en tono afectuoso:

—Toma, vida mía, para pan; y al comerlo, ten el consuelo de que es mejor ganado que el que la hipocresía arranca diariamente a la pobreza.

La muchacha hizo una cortesía, mirándolo con expresión tan tierna que realzó maravillosamente su hermosura.

—¡Vaya! —continuó diciendo el del hule—. Creo que no lo hemos hecho tan mal. La pobre criatura va socorrida, sin haber tocado yo al dinero menudo que traigo para los gastos del camino, y es probable que al cochero se le olvide cobrarme sus chelines; así nada hay perdido.

Este rasgo de aparente bajeza me indignó, y al volver la cabeza para disimularlo, vi que la muchacha miraba con ojos resplandecientes una moneda de oro que tenía en la mano entre los chelines, y la oí exclamar:

—¡Ah, padre! Ahí va el buen señor del...

No alcancé la conclusión de la frase, porque el cochero chasqueó su fuete y partió la diligencia como un relámpago.

---

[10]Moneda inglesa que vale poco menos de dos reales. (Nota de Heredia).

Poco después se oscureció la atmósfera, y pasados unos diez minutos bajó despiadadamente sobre nuestras cabezas un aguacero abundantísimo. Como entre los cuatro no había un solo paraguas, presto nos empapamos todos, excepto el del hule, que con la satisfacción más tranquila se reía de la lluvia.

—El agua puede ser diversión para usted, pero es muerte para nosotros, como dice la rana de la fábula — exclamó el oficial, muy incómodo por aquella risa tan inoportuna.

—Perdón, amigo mío —respondió el alegre—, pero aun el diafragma del orangután sentiría cosquillas, viendo a usted, al amigo de la caja de polvos y al «caballero de negro», manando agua de pies a cabeza, cuando con una cortísima previsión podrían andar secos bajo las cataratas del Niágara. Vean ustedes como el agua se me resbala, cual si fuera pato, gracias a los materiales con que me visto. ¡Este traje es invención mía! Está hecho con lona de primera clase, forrada con franela. ¡Cosa inmejorable! Compren ustedes y prueben; pero cuidado con no tomar del número dos, si es que quieren conservar el número uno. ¡Ah!, ¡ah!, ¡ah! —Y siguió riéndose largo rato de su propia agudeza.

—No niego —dije yo— que ese traje sea útil, si no fuera tan ridículo. ¿Y cuál es el secreto para hacerlo impenetrable al agua?

—¡El aceite de trementina! —respondió—. Empape usted la lona de primera en él y quedará a prueba de agua para toda su vida. Pero tenga cuidado, porque todos los demás aceites se evaporan con el tiempo y dejan la lona tiesa y áspera: sólo el de trementina la conserva flexible. En cuanto a zapatos, no compre usted esos de papelillo, que sólo sirven a los petimetres. No, no. Compre usted su cuero, como yo hago; no teñido, sino natural, porque la maldita bola pudre el cuero; prepárelo usted con aceite de trementina, y cuando necesite zapatos, que los hagan de dos suelas en su presencia o el pícaro zapatero le jugará una de las suyas. Vea usted estos, hechos de propósito para el mal tiempo. ¡A que no se rompen! No puedo yo vivir lo bastante para acabar con ellos; y estoy seguro de que si Adán los hubiera usado no habría podido romperlos.

—A poco de haberse concluido esta erudita disertación sobre cuero y zapatos, volvió a salir el sol, y disipó las nubes húmedas. El tiempo es un asunto inagotable, y todos tuvimos algo que decir sobre su feliz mudanza.

—¡Oh! —exclamó el del hule— cuán delicadamente brilla la luz sobre el aspecto lacrimoso de la naturaleza cual si quisiera comunicarle su alegría. Mas ya se reanima la tierra, y todos los montes relucen, y todos los árboles ostentan millones de gotas cristalinas iluminadas. ¡Ah! ¡No querría yo ser ateo por todo el mundo, ni renunciar al rapto divino con que en semejantes ocasiones elevo mi corazón al Omnipotente!

Este arranque de entusiasmo religioso venía tan estrafalariamente en pos de la lona, el aceite de trementina y el cuero sin teñir, que no supe si debía reírme o admirarlo. Resolví, sin embargo, fondear las extravagancias de aquel hombre; pero a cada minuto me confundían más y más las bufonadas, ideas poéticas, vulgaridad y finura, que alternativamente mostraba, hasta que por último sacó un puro de la bolsa, y habiéndolo encendido se puso a fumarlo con síntomas de grandísima satisfacción.

—Sírvase usted, caballero, no echar ese humo para acá, pues me ciega y me sofoca —le dijo el «caballero de negro», bastante enfadado—. ¡Vaya una costumbre asquerosa! Inútil para usted, y molesta para otros.

—¡Hola! ¿Lo dice usted de veras, cuervo mío? ¡Inútil! Pues tiene su moralidad. Este humo que lucha con el viento, nos recuerda enérgicamente las mudanzas de la vida; así baja y sube alternativamente el hombre. Ya fuerte, ya débil, apenas logra elevarse un poco, la suerte, ¡puf!, como una fugada de viento, le hace ver cuán efímeros son sus planes. Mire usted el resto de mi puro, ya inútil y próximo a su fin: lo arrojamos, lo mismo que hace con nosotros el ingrato mundo; y entonces, ¿no se reduce, como el héroe más elevado cuando muere, a un montoncito de ceniza?

Había algo bello en el tono solemne con que el del hule pronunció estas palabras, que hicieron callar al «caballero de negro». A poco paramos a remudar caballos, y aprovechamos gustosos aquella ocasión de apearnos y echar un trago con que abrigar nuestros destemplados interiores. Quedéme tras de todos y me llegué al cochero, deseoso de averiguar quién era aquel extraño personaje que tanto había excitado mi curiosidad.

—¡Ah! ¡Ah! Es un sujeto muy guapo, ¿no es verdad, señor? —dijo el latiguista, por vía de respuesta a mi pregunta.

—Sí, sí, pero, ¿quién es? —repuse yo, impaciente.

—¿Quién es? ¡Lléveme el diablo si lo sé! Ninguno de nosotros lo conoce, aunque anda mucho por este camino, y así lo llamamos *el hombre del...*

—¿Oyes, cochero? —interrumpió uno que llegó muy sofocado— entrega este envoltorio luego que llegues a Dover.

—Está muy bien —dijo él, tocándose el sombrero, e inmediatamente llegaron otros dos o tres con igual solicitud, sin dejarme continuar mis averiguaciones. Viendo que nada lograba por entonces, entré en la posada, en cuya sala hallé reunidos a todos los pasajeros, excepto *el del hule*; y habiendo preguntado por él, me dijeron que había preferido tomar su trago en la cantina, porque allí le costaría un penique menos que en la sala. Marché, pues, en su busca; en el camino hallé un criado que traía un vaso de licor, y creyendo fuese el que yo había pedido al entrar, quise tomarlo.

—Este no es para usted, señor, sino para el otro caballero, a quien debo servirlo de preferencia.

—¡Hola! ¿Conque es hombre de tanta suposición?

—¡Toma! ¿Pues no? —fue su lacónica respuesta.

—Pues, ¿quién es?

—¡Toma!, ya ve usted, todos lo conocen y ninguno lo conoce (adivine usted ésa), sólo por *la circunstancia de*... ¡Pues ya me entiende usted!

—Eso quiero saber, *la circunstancia de*...

—¡Anda, Juan, con ese vaso! ¿Qué estás haciendo? —gritó la hospedera muy de mal humor.

—¡Ya voy, señora! Y así, ya ve usted, caballero, que por ese motivo lo llamamos el individuo del...

Tin, tin, tin, chilló la maldita campana.

—Voy. Voy —gritó el criado, echando a correr y dejándome en una agonía de curiosidad. Sin embargo, llegué a la cantina y encontré al amigo del hule bebiendo un vaso de cerveza y regañando con mucha gravedad al criado por su tardanza.

—Usted lo entiende, amigo —exclamó al verme entrar—. Un penique[11] ahorrado es un penique adquirido; y un mostrador limpio es tan bueno como una mesa de caoba, aunque ésta adorne la sala de recibir.

No dejé de mortificarme al ver los motivos a que atribuía mi presencia en aquel lugar; pero no le contradije y me senté en un banco. Sonrióse con satisfacción y preguntó cuánto debía.

---

[11]Duodécima parte de un chelín. (Nota de Heredia).

—Diez y nueve chelines y seis peniques —respondió el mozo.

—¡Hombre! ¿Estás loco? ¡Diez y nueve con seis por un vaso de cerveza! —exclamó mi amigo el del hule.

—Señor, usted no recuerda los diez y nueve chelines que me pidió el 1 de mayo para repartir a las muchachas —repuso el mozo.

—¿Y no te di después un soberano?

—Sí, señor. Me dio usted un soberano[12], diciéndome que era para mí; y así no me ha pagado los diez y nueve chelines que me tomó.

—¡Cierto! —dijo el del hule—. Se me había olvidado; y como no volveré por aquí en algún tiempo, te pagaré de una vez.

Entonces vació sus bolsillos de toda la plata que contenían, pero al contarla, halló que sólo eran diez y seis chelines.

—¡Vaya! —dijo— es fuerza entrarle al oro, y pues ha de ser, vamos a la sala, y tomaré una copa de vino.

Al decir esto, tiró un soberano sobre la plata y salió de la cantina.

Mientras giraba la botella en la sala, entró la hospedera, y preguntó sin más ceremonia si alguno de nosotros era médico, añadiendo que cerca de allí estaba muriéndose la hija de una pobre viuda, y que el facultativo del lugar no quería verla sin que le pagasen. Apenas la oyó *tío Hule*, se encasquetó el sombrero y me dijo:

—¿Quiere usted venir conmigo, tunante?

Si cualquiera otro me hubiera hablado así, le habría estampado la mano en la cara; mas comprendiendo como

---

[12]Moneda inglesa moderna, que tiene el valor de una libra esterlina, a saber, veinte chelines o poco menos de cinco pesos. (Nota de Heredia).

por instinto sus buenas intenciones, convine en salir con él. A la puerta, nos detuvo el cochero diciendo que no podía esperar más.

—No tardamos ni cinco minutos —dijo *Hule*.

¡Qué espectáculo tan triste nos aguardaba! En un rincón de un aposento enteramente desamueblado estaba amontonada una poca de paja, cubierta con una manta vieja sobre la cual yacía postrada una joven de veinte años, al parecer en el último estado de consunción. Cubríala un pedazo de jerga tosca, y un lío de trapos la servía de almohada. Sobre una cuerda tendida de una pared a otra, hacia los pies de aquel mísero lecho, estaban colgadas algunas piezas de ropa vieja, como un ligero abrigo contra el aire que entraba por todas partes, y hacía temblar de frío a la infeliz criatura. Helóseme el corazón al verla. Aún se distinguían en la pared algunos fragmentos de papel pintado y varias tachuelas que habían servido para colgar cuadros, lo que indicaba no haber tenido siempre aquel cuarto su actual aspecto de miseria. Mi compañero lo comprendió todo con una ojeada, y una blancura pálida remplazó el encendido color de sus mejillas.

—¡Qué miseria! —exclamó—. Apenas puedo creerlo. —Y volviéndose a la viuda le dijo—: Mujer, ¿cómo has parado en esto? Pero no seas perifrástica.

Pronto le satisfizo ella. Su historia era la comunísima, pero no menos dolorosa; a saber: su marido muerto, y la pobreza y angustias consiguientes a la viudez.

(Entonces mi amigo la socorrió generosamente y mandó buscar al médico.)

—¡Nuestro Señor os bendiga y premie! —exclamó la enferma con tono solemne y melodioso, fijando en él sus ojos animados por la más tierna gratitud—. ¡Mi padre os debió toda su suerte: pueda la hija probaros algún día su agradecimiento!

—¡Eah! ¡Basta de charla! —prorrumpió el del hule—. ¿Porqué no vas por el medico? —preguntó a la viuda.

—Lo llamaré en nombre de usted? —dijo ella, enjugándose las lágrimas.

—No: dile no más que te envía el hombre *del...* O mejor no. No; ya no puedo esperar a que vuelvas, y así vale más que yo te lo mande, y disponga que te traigan algunos muebles necesarios. Así, quédense con Dios. —Levantóse el sombrero al pronunciar tan sagrado nombre y salimos.

Los pasajeros nos aguardaban con impaciencia, por lo que el del hule se apresuró a despachar su voluntaria comisión, y yo iba tras él cuando casi tropecé con una muchacha que salía de la cantina. Como siempre me han gustado las mozas de posada, cuando son bonitas, le di al pasar una palmadita en la cara, haciéndola poner más colorada que el sol en un día nebuloso. Pegó un salto para alejarse de mí y murmuró entre dientes.

—¡Buenas confianzas para un pasajero de afuera!

En aquel momento volvía ya mi compañero fuerista, y agarrándola del cuello la dio un beso redondo, que ella recibió con paciente sonrisa. Como él siguió su camino, yo le dije:

—¡Vaya! Parece que no te enfadan *todos* los de afuera.

—¡Oh! Eso no es igual, porque ése es *el caballero del...*

—¡Bribona! —gritó la hospedera—. ¿Cómo tienes valor para estarte ahí retozando, y no vas a dar un vaso de cerveza al *caballero del...?*

En este momento dio el cochero un trompetazo tan infernal, que no dejó entender el fin de la sentencia.

—Vamos señor —gritó en seguida— no puedo esperar un momento más, ni por el emperador de las Indias.

El sol estaba poniéndose tras una larga fila de collados, y nos presentaba una escena verdaderamente bella mientras volábamos por el camino. Yo recordé en tono de burla las imágenes extravagantes con que los poetas describen al sol poniéndose.

—Señor mío —dijo *Hule*— si los sesos de todos los poetas del mundo se reunieran, no podrían producir una sola figura digna del asunto. ¿Ese espectáculo no nos recuerda a Dios dándonos un vislumbre de su gloria? ¿Y qué lenguaje podrá igualar o expresar nuestras ideas en tal momento? ¡El sol glorioso! En Persia lo he visto desaparecer en el horizonte como uno de los lirios carmesíes que brota aquel suelo, al paso que en Grecia se pone como el globo recién dorado que domina la torre de San Pablo en Londres; en Arabia parece una tetera de cobre, y en el polo ártico se ve como un globo de plata sobre el cual brilla la luna nueva. Allí he contemplado su fulgor pálido y triste, figurándomelo un ángel tutelar que venía a disipar las tinieblas y hielos que nos habían cubierto por meses; pero en otras partes (por ejemplo, en las cumbres de los Andes) me he reído, viéndolo rodar a mis pies como una bola de fuego, y le he dicho en tono de triunfo que ya no se le necesitaba hasta el día siguiente. Me acuerdo que ha pocos años en Génova... —tengo tan presente la escena, que me parece estarla viendo ahora mismo— cada árbol, cada hoja, cada yerbecilla poseía en aquella hora un hechizo poético, conjurando imágenes indelebles en la fantasía. El lago cristalino yacía ante mí sereno y plácido, como un niño dormido: tras él se levantaban torreando, montes sobre montes, hasta que sus picos llegaban a herir las nubes; y al contemplarlos, recordé la estructura enorme que en los tiempos antiguos elevaron los mortales imaginando llegar al cielo. En torno de mí ondeaban las copas de muchos árboles soberbios, cual si fueran gigantes emplumados que se inclinaban a darme cortésmente la bienvenida. La brisa vespertina venía cargada con aromas tan deliciosos como los que perfuman un jardín de Persia, y a cada ola del mar que expiraba en la vecina playa, seguía una débil nota de música. A lo lejos bailaban sobre el césped diez o doce rústicos de ambos sexos; pero la distancia hacía sus figuras tan indistintas y aéreas, que parecían espíritus solazándose en el aire embalsamado. Un poco más allá, en la cumbre de una pequeña colina, se veía dibujada perfectamente en el cielo rosado la gallarda figura de un caballero joven, y la delicada y graciosa de una señorita, que apoyada en su brazo se inclinaba hacia él con ademán afectuoso. Entretanto, sobre aquella reunión de lo bello y lo grandioso, de lo tierno y amable, resplandecía el sol en occidente, tan espléndido, tan magníficamente sublime, que se me llenó el alma de ideas fantásticas, y creí hallarme en el Paraíso, y que me estaba contemplando el *Ojo Eterno*. Pero aun esto —continuó— fue poco, respecto de lo que sentí cuando al volver a Inglaterra vi ponerse el sol tras de las olas que lavan sus playas, las caras playas de mi nacimiento!

—¿Y entonces no lo comparó usted con algún otro objeto grande o precioso? —preguntó, agria y sarcásticamente el clérigo.

—Sí. Lo comparé con un marinero vejancón, alegre y rosado, que teniendo ya deslustrada su chaqueta en el servicio diario, bajaba a renovarla con un baño de aceite de trementina, para que pudiese aguantar el trabajo de los días siguientes. Esta es poesía para usted, cuervo mío —continuó *Hule*—. ¿Qué tal? ¿No le gusta a usted, muerto resucitado?

Y le dio en el hombro una palmada tan recia que lo hizo gruñir dos veces. Todos soltamos sendas carcajadas a expensas del «caballero de negro», que nos divirtió largo rato, hasta que entrada ya la noche, empezamos a sentir sueño. El «caballero de negro» fue el primero en ceder a su grato influjo, y después siguió el «de hule», recostándose cómodamente en el equipaje, y dejando que el oficial y yo continuásemos nuestras reflexiones. Pareciome propia la ocasión para saber quién era *el del hule*, y en consecuencia pedí al militar la solución de tan raro enigma. Sonrióse, y me respondió:

—Es cosa sencilla. Por lo que sin duda lo habrá usted observado ya. Esto, por la rareza, pues, de...
—Muy bien; pero *eso*, eso cabalmente es lo que deseo saber.
—Pues por eso, (¿está usted?) lo llaman justamente en el camino *el hombre del*...

En este momento se desvió ominosamente el coche de la perpendicular, y al inmediato: ¡Tras! Se rompió el eje, y los pasajeros salimos volando por distintos rumbos, como una parvada de palomas. En tal confusión, apenas recuerdo que me sentí en el aire con brazos y piernas tendidas, ensayando mi primer vuelo sobre una cerca, y terminándolo con singular destreza sobre un montón de majada, que había en un campo inmediato.

—Cada hijo de su madre que tenga rotos los huesos, grite pidiendo favor —exclamó el *del hule* poniéndose en pie con una presencia de ánimo admirable, considerándose que estaba dormido un momento antes. Después de una breve pausa, continuó—: ¡Bravo! Nadie chista: pues entonces vayan tres vivas por la buena escapada. —Y los echó al punto, levantando su sombrero y haciéndole coro los demás.

Aún vibraba el aire con nuestras aclamaciones, cuando nos asombró un espectáculo sobrenatural, y fue la aparición de un espectro que salía de la tierra, vestido de blanco de pies a cabeza, no mal parecido a la mujer de Lot, cuando se volvió estatua de sal, por curiosa.

—¡Válganos toda la corte celestial! —exclamó nuestro jovial amigo, aunque algo azorado al ver acercarse el espectro—. ¿Eres —le preguntó— ministro celestial, o fantasma del infierno?

—Soy «el caballero de negro» —respondió con lamentable tono la figura blanca.

—¡El diablo eres! —exclamó significativamente *Hule*—, pues en adelante nadie asegure ya que dos y dos no son cinco, o que lo negro no es blanco.

Pero advirtiendo, que el pobre clérigo estaba algo estropeado por haber caído en un pozo de cal inmediato al camino, se acomidió humanamente a sostenerlo hasta llegar a un pueblo que, por fortuna, estaba cerca. Como no eran más de las once, el cochero propuso que se reparara el daño aquella misma noche y se cargara al accidente la media hora que en la posada habíamos perdido, pues tales eran las ideas filosóficas que formaba de las cosas aquel caballero.

—Me parece muy bien; y puedes mentir cuanto se te antoje —dijo *el del hule*, apresurando el paso.

Pronto llegamos a un grupo de casas interpoladas con árboles, con un lindo prado de césped en frente, iluminado todo por una luna clarísima. Poco trabajo nos costó hallar un carpintero y un herrero; y mientras el dislocado carruaje recibía de ellos su curación, los pasajeros trataron de pasar el tiempo del mejor modo posible con los materiales que se proporcionaban.

En obsequio de la brevedad, me limitaré a decir que durante nuestra corta mansión en aquel pueblecito, el señor *del hule* impidió un rapto; reconcilió a un padre con su hija y el amante de ésta; hizo a un juez de paz objeto de burla para todos los patanes de una legua en contorno; abofeteo a un alguacil; levantó de la cama a un cura; pagó los derechos de un casamiento; encendió una luminaria, y asombró completamente a todos los aldeanos, expresando a veces en lenguaje de poeta sentimientos dignos de un ángel, arrancando lágrimas a los ojos de todos con la más patética sensibilidad, y usando a renglón seguido las groserías de un bufón, o haciendo fechorías de tal. Pero debo llegar cuanto antes al término de mi viaje.

Al apeamos en la posada de Dover, tomé el único aposento que estaba desocupado y bajé a la sala común a ver los periódicos. Mas apenas había leído el primer párrafo de un asesinato interesantísimo cuando se apareció el hospedero, y me dijo con alguna confusión que su criado había tenido la inadvertencia de no avisarle oportunamente que yo tenía tomado mi cuarto, por lo que lo había dado a otro pasajero.

—Es cosa muy llana: ese pasajero liará su hatillo y buscará otra posada. —Respondí yo recostándome en la silla, y cruzando las piernas con un aire de satisfacción propio de *quien paga su escote*.

—¡Dios me libre! —exclamó el posadero.

Me le quede mirando y luego le dije:

—¡Qué! ¿Ese hombre tiene tanto influjo en la prosperidad de esta casa, para que en favor suyo quiera usted faltarme?

—Ciertamente, señor: es *el hombre del*... Perdone usted, quise decir el caballero que vino en su compañía.

Cayóseme de la mano el papel que estaba leyendo.

—¿El hombre del qué? —pregunté ansioso.

—¡Cómo, señor! ¿Es posible? ¿Qué, no ha reparado usted en su...

—Hospedero, venga otra botella, y cuidado que sea de lo superior —chilló un petimetre que estaba sentado a una mesa entre un grupo de oficiales. Supongo que era otro personaje de suposición, porque el posadero corrió luego a servirle. Este incidente me desazonó en tal grado que resolví tomar posesión de mi cuarto a toda costa y defenderlo de todo agresor, aunque trajera chaqueta de hule, o librea del mismo demonio. Subí la escalera lleno de coraje, y al llegar a mi cuarto lo hallé abierto de par en par, y al hombre misterioso muy sentado frente a la puerta. Tenía delante una gran talega del mismo material que su traje, en la que echaba monedas de oro a puñados.

—¿Quién va? ¡Oh!, ¡adelante! —dijo mi despojador sin moverse del asiento—. Estoy ajustando mis cuentas y recuerdo que debo a usted un chelín. —Me lo pidió prestado en el camino para no sé qué objeto—. Aquí está; y ahora, me moriré cuando convenga, sin que nadie pueda señalar a mi sepultura y decir que le debo un chelín. ¡Eh!, ¿qué tal? —y me puso el chelín en la mano.

—Sea usted quien fuere, es irresistible —le dije, trocando ya mi enojo en buen humor—, y debe usted conocer profundamente a la naturaleza humana para jugar con ella de este modo.

—No sé yo que mi método sea más sencillo de lo que usted supone. La naturaleza humana es semejante a una baraja, que sin cesar está mudando posiciones y dándonos chascos solemnísimos; pero como proporciona su diversión, nunca prescindimos de ella. Sí, señor; por todas partes se hallan corazones de oro; aunque el desordenado apetito de dinero que domina generalmente, causa daños infernales. Cuando yo era joven me reputaban virtuoso; pero era pobre y, por supuesto, cuantos me encontraban se ponían a estudiar astronomía.

¿Me entiende usted? Quiero decir, que iban mirando atentamente al cielo siempre que andaba yo por sus inmediaciones. Dílos pues, al diablo, por asnos codiciosos, y tuve la prudencia de resolverme a ser rico. Con el tiempo me hice de un saco de hule, lo atesté de oro, y cuando esto llegó a saberse, ¡Dios mío!, cómo se me apiñaban aquellas desinteresadas criaturas, y yo me reía grandemente para mi coleto. Sin embargo, pronto me fastidié, y echando a un lado la superfluidad de un nombre, emprendí mis viajes llevando conmigo el talismán para los corazones de todos los hombres, *el oro*. He recorrido todos los climas, y habiendo reflexionado que muchos compatriotas míos penan por lo que he dispensado tan liberalmente a los extraños, me juzgo obligado a excitar sonrisas en mi tierra, antes que producir gestos en otras.

—Entonces, ¿por qué se va usted a Francia? —pregunté yo.

—Porque tengo allí asuntos de mucho interés. Este metal que puede enjugar las lágrimas de una viuda y doblegar la cerviz de un hombre orgulloso, ahora está destinado a hacer milagros en Francia. Voy a. . .

—¿A qué? —pregunté yo, viéndolo suspenderse.

—A ver los cochinos franceses. Son animales elegantes, ¿no es verdad? Y tienen cinturas más delgadas, y piernas mejor hechas que nuestros cochinos vulgares y toscos. Debo salir al amanecer, con que así, buenas noches. —Y con esto me fue sacando muy cortésmente de mi propio cuarto; mas al llegar a la puerta resolví hacer el último esfuerzo para satisfacer mi intensa curiosidad.

—Perdone usted, caballero —le dije— mientras he disfrutado el placer de acompañar a usted, le he visto esparcir tanta felicidad y consuelo, que espero se sirva decirme a quién debo tantas horas de satisfacción virtuosa.

El hombre de hule rodeó mi oído con ambas manos, como para asegurar el secreto de lo que iba a revelarme, y acercando a ellas la boca, murmuró en voz casi indistinta:

—¡Al hombre del saco de hule!

Índice

Apuntes y notas a la primera edición	9
Omar	37
Benhadar	41
Historia de un salteador italiano	49
Economía femenil	57
Hamet y Raschid	61
Abuzaid	63
Manuscrito encontrado en una casa de locos	69
Seged	77
Aningait y Ajut	87
El niño malcriado	95
Protágoras	101
El caballero gordo	103
El hombre misterioso	113

Otros títulos recientes
de las
«Ediciones *La gota de agua*»

Layka Froyka *El romance de cuando yo era niña*
Emilia Bernal Agüero
~autobiografía~
(Serie Andadura)

Algo está pasando / Something's Brewing
Rolando D. H. Morelli
~cuentos~
(Serie Narrativa Breve)

El hijo noveno
Matías Montes Huidobro
~cuentos~
(Serie Narrativa Breve)

Lo que te cuente es poco
Rolando D. H. Morelli
~cuentos~
(Serie Narrativa Breve)

Feminine Voices in Contemporary Afro-Cuban Poetry
Voces femeninas en la poesía afro-cubana contemporánea
Armando González Pérez
(Serie *Perspectiva Crítica*)

Cuentos y relatos
de
José María Heredia
se imprimió en los talleres tipográficos de
ADR Printers
Estados Unidos de América,
en la segunda quincena del mes de agosto del año 2006

Ediciones La gota de agua
1937 Pemberton Street
Philadelphia, PA 19146
info@edicioneslagotadeagua.com